Anne Scheller

Waldo Wunders fantastischer Spielzeugladen

Weitere Titel der Autorin:

Fjelle und Emil – Monstermäßig beste Freunde
Becky und der geheimnisvolle Bonbonkocher

Anne Scheller

Waldo Wunders fantastischer Spielzeugladen

Mit Illustrationen von
Larisa Lauber

BAUMHAUS

MIX
Papier aus verantwortungsvollen Quellen
FSC® C014496
FSC
www.fsc.org

Originalausgabe

Umschlaggestaltung: Massimo Peter-Bille unter Verwendung einer Illustration von Larisa Lauber
Innengestaltung und Satz: Helmut Schaffer, Hofheim a. Ts.
Gesetzt aus der Adobe Caslon Pro
Druck und Einband: GGP Media GmbH, Pößneck

Printed in Germany
ISBN 978-3-8339-0595-7

5 4 3

Sie finden uns im Internet unter www.baumhaus-verlag.de
Bitte beachten Sie auch www.luebbe.de

Kapitel 1

»Ihr Paket ist angekommen!«

Die gelbe Karte leuchtete Lennart Lindenbaum von der Fußmatte entgegen. Er hob sie auf und klemmte sie in den Mund. Seine Hände brauchte er, um die Wohnungstür aufzuschließen, die immer ein wenig hakte. Mit einem gezielten Tritt schoss Lenni seinen Schulranzen vom Treppenabsatz in den Wohnungsflur. Den Fahrradhelm hängte er dagegen sorgsam auf. Ohne Helm ließ ihn seine Mutter nicht Fahrrad fahren. Er hatte ja auch kein gewöhnliches Rad, sondern ein megacooles neongrünes Bike, mit dem er im Skatepark Wheelies und andere Tricks übte.

Staubige Stille umfing Lenni, nur die Fußbodendielen knarzten etwas. Die Wände waren uneben und krumm. Man sah und spürte überall, dass das Wohnhaus in der Pulvergasse 9 über 300 Jahre alt war. Lenni hatte die Wohnung für sich. Seine Mutter würde erst gegen zehn von der Spätschicht aus dem Krankenhaus kommen.

In der Küche legte Lenni die gelbe Karte auf den Esstisch. Er stutzte. Erst jetzt fiel ihm auf, dass sein Name auf der Karte stand. Wer konnte ihm denn ein Paket schicken? Onkel Franko? Der meldete sich eigentlich nur zum Geburtstag. Oder hatte Lenni letztes Wochenende etwas bei seinem Vater vergessen? Das kam manchmal vor, aber Papa hatte ihm noch nie etwas nachgeschickt. Oder konnte es sein, dass Mama ihm etwas bestellt hatte? Das machte sie manchmal, um ihm etwas Gutes zu tun.

Lola Lindenbaum war Krankenschwester und oft abends oder nachts bei der Arbeit. Dennoch fühlte Lenni sich nie alleingelassen – wahrscheinlich, weil sie trotzdem jederzeit für ihn da war. Nur eins war nicht ihre Stärke: Geschenke aussuchen. Neue Biker-Handschuhe oder ein Handy? Fehlanzeige. Lennis Mutter kaufte immer enorm nützliche, aber völlig öde Dinge wie lange Unterhosen oder Kleiderhaken.

»Ihr Paket ist angekommen! Hinterlegt bei: W. Wunder«.

Nun wurde Lenni aber doch neugierig. Er verließ die Wohnung und lief die steilen Treppen zurück ins Erdgeschoss. Unten im Haus befand sich *Waldo Wunders fantastischer Spielzeugladen*. Früher war Lenni oft bei Herrn Wunder im Laden gewesen, zum Beispiel wenn seine Mutter Besorgungen machen oder Freundinnen treffen wollte. Inzwischen fand Lenni aber, dass er für einen Spielzeugladen viel zu alt war. Was sollten Max und die anderen Jungs aus dem Skatepark denken, wenn sie erfuhren, dass Lenni nachmittags zwischen Robotern und Puppen abhing?

Durch die Verbindungstür vom Hausflur gelangte Lenni in den hinteren Teil des Ladens. Der Ladenraum lag wie immer im Dämmerlicht. Die Schaufenster waren bis obenhin mit Spielzeugen zugestellt, und das matte Licht einer Lampe in Fliegenpilzform half auch nicht viel weiter. Lenni wusste aber auch so, was es zu kaufen gab. In Einbauregalen aus dunklem Holz, die bis unter die Decke reichten, in unzähligen Fächern, Schubladen und Kisten stapelten sich alle nur erdenklichen Arten von Spielzeugen: Spieltiere und ferngesteuerte Roboter, Fahr- und Flugzeuge, Flitzebogen und Gummipfeile, Kuscheltiere, Puppen und Sorgenfresser, Puzzle und Bastelsets, Bücher, Rätsel, Geduldsund Geschicklichkeitsspiele, Lupen und Ferngläser, Glücksbringer,

Handschmeichler, Flummis, Glibberknete, nachleuchtende Sterne, Schatzkisten, Nachtlampen und sogar ein paar uralte Blechfiguren, die ratternd herumfuhren, wenn man sie aufzog. Damit man in all dem Durcheinander auch den Überblick behielt, wiesen verschnörkelte goldene Schilder zum Mars (ein Tisch mit Robotern und Raumschiffen), in den Elfenwald (ein Regal voller Spielfiguren von Elfen, Feen und Einhörnern), in die Werkstatt (ein Regal mit Schnitzholz und Werkzeugen direkt neben Herrn Wunders eigener Werkstatt) oder

zum Indianercamp (wo es alles vom Tipi bis zum Tomahawk gab).

Waldo Wunder stand hinter dem Ladentisch und schloss ruckartig eine Schublade, als Lenni hereinkam. Lenni vermutete insgeheim, dass der Spielzeughändler etwa so alt war wie das Haus in der Pulvergasse. Er war klein und drahtig, hatte schneeweißes Haar und eine so dicke Brille auf der Nase, dass seine vergrößerten Augen immer etwas erstaunt wirkten. Er trug jeden Tag die gleiche dunkelblaue Weste und ein gebügeltes Hemd mit steifem Kragen. Nur wenn er hinten in der Werkstatt arbeitete, zog er einen Arbeitskittel über.

»Ah, Lennart, ich hatte dich bereits erwartet.« Herr Wunder spähte hinter seinen dicken Brillengläsern zur Tür. »Du hast Post, dort drüben. Ich hatte dagegen nicht so viel Glück.« Er nickte zu einem kleinen Päckchen hinüber, das auf einem turmhohen Kartonstapel thronte wie die Prinzessin auf der Erbse.

»Nicht so viel Glück?«, fragte Lenni ungläubig. »Aber Sie haben doch haufenweise Pakete bekommen!«

»Ah, das«, sagte Herr Wunder und nickte bedächtig. »Natürlich, die Lieferung aus der Spielzeugfabrik. Aber eigentlich habe ich etwas anderes erwartet. Sehnsüchtig erwartet …« Er schwieg einen Moment, dann holte er Luft und lächelte Lenni an. »Geh schon, öffne dein

Paket! Was ist denn drin? Ich habe doch nicht etwa deinen Geburtstag vergessen? Wie alt wirst du?«

»Ich werde elf, aber erst im September«, sagte Lenni abwesend. Er bahnte sich einen Weg zwischen den Schienen einer Modelleisenbahn hindurch, nahm das oberste Päckchen vom Stapel und riss das Klebeband ab. Ein großes Blechmännchen kam hervor. Es trug eine schwarz-blaue Uniform und ein gebogenes Schwert in der Hand. Eine Schraube auf der Rückseite diente dazu, die Figur aufzuziehen.

Lenni grinste. Ein witziges Teil, aber wer sollte ihm so was schicken? Ein Blick auf den Karton verriet ihm, was los war. »Herr Wunder, das ist für Sie«, sagte er.

Die Augen des Spielzeughändlers wurden noch größer. »Ein schönes Stück!«, rief er aus, nahm das Blechmännchen und drehte es anerkennend in den Händen. »Reines Silberblech. Handbemalt. Flügelschraube mit Stahlgewinde. Na, da hat mir die Fabrik aber etwas Feines eingepackt! Warum aber nur ein einziges?« Er durchwühlte noch einmal den Karton, den Lenni geöffnet hatte – vergebens.

Während Herr Wunder das Blechmännchen zurück in den Karton legte, arbeitete Lenni sich durch den Rest des Stapels. Erst das vorletzte Paket gehörte nicht zu Waldo Wunders Lieferung und war an Lenni adressiert. Es hatte etwa die Größe eines kleineren Mountainbikes, aber das war eindeutig nicht Mamas Preisklasse. Viel wahrscheinlicher waren ein paar dicke Bücher oder ein Regal für seine Schulsachen. Er riss am Klebeband, da bimmelte die Ladenglocke.

Lenni blickte auf. Ein etwa achtjähriges Mädchen mit langen welligen Haaren und einem spitzen Gesicht betrat den Laden, gefolgt von seinem Vater. Während der Mann Herrn Wunder begrüßte, trat das Mädchen zielstrebig zum Elfenwald und nahm eine Elfe, zwei Feenkinder, einen Drachen, ein geflügeltes Pferd und eine passende Spiellandschaft aus dem Regal. Als es dann auch noch nach einem Päckchen Zauberstäbe und Feenstaub griff, geriet der Spielzeugturm auf ihren Armen ins Wanken, und die Figuren stürzten zu Boden.

»Aber, meine Liebe!« Herr Wunder stürzte hinter dem Ladentisch hervor, hob den Drachen auf, stellte die kleinen Feenkinder ins Regal zurück und nahm dem Mädchen die Spiellandschaft ab, bevor es diese komplett zerdrückte. »Mit meinen Spielsachen solltest du besonders sanft umgehen«, sagte er. »Nachher geht noch eines kaputt … Hast du überhaupt so viel Geld dabei?«

Das Mädchen zuckte mit den Schultern. »Mein Vater hat versprochen, mir heute etwas zu kaufen. Papaaaa!«, rief es Richtung Ladentisch. »Kriege ich das hier? Alles?« Es deutete auf das Regal im Elfenwald.

Der Mann am Ladentisch öffnete den Mund und schloss ihn wieder. »Also, Felina …«, meinte er zögernd. »Ich weiß ja nicht … Ist das nicht etwas viel?«

»Nein!«, sagte Felina.

Lenni blieb der Mund offen stehen. So etwas hätte er sich nicht getraut! Waldo Wunder aber warf ihm einen vergnügten Blick zu, die Riesenaugen hinter den Brillengläsern blitzten, und sein Mund formte das Wort *verwöhnt*. Lenni musste grinsen. *Verwöhnt* schien ihm noch etwas zu schwach. *Dickköpfig* fand er passender! Herr Wunder jedoch lächelte die Kunden nun wieder zuvorkommend an und sagte mit einer kleinen Verbeugung: »Die junge Dame darf sich ruhig weiter umschauen. Vielleicht hilft mein Freund Lennart ihr ja bei der Entscheidung! Was sagten Sie eben über ihre Sammlung historischer Puppenköpfe?«

Die Erwachsenen vertieften sich wieder in ihr Gespräch. Lenni brummte in sich hinein. Warum sollte er Felina bitteschön helfen, sich für ein Spielzeug zu entscheiden? Zugegeben, früher hatte er stundenlang mit all den Dingen im Laden gespielt, aber das war lange her. Außerdem war doch klar, was Felina brauchte: nichts! Rasch rückte er die Elfen und Drachen etwas weiter nach hinten ins Regal, damit sie vor Felina sicher waren.

»Wie schön die funkeln«, murmelte das Mädchen und strich über die glänzende Haut der Feenkinder und die goldenen Schuppen des Drachen. »Das sieht man bestimmt auch im Dunkeln. Och, die Lampe da ist ja süß!« Sie trat zu einem Nachtlicht hinüber, das aussah wie ein pulsierendes rotes Herz, in dem ein Pfeil steckte. »Ob ich die von meinem Bett aus sehen kann?«

»Wenn du wie ich mit geschlossenen Augen schläfst, wahrscheinlich nicht«, sagte Lenni und grinste sie an.

Felina verzog keine Miene. »Ja, tue ich«, sagte sie. »Aber vor dem Einschlafen könnte ich das Licht sehen. Und wenn ich nachts aufwache.« Sie trat nun zu einem Roboter mit leuchtenden Knöpfen und einem grünlich schimmernden Display.

Lenni sah von dem Roboter zu dem Mädchen und zurück. »Nein, das ist nichts für dich«, meinte er spontan. »Ich glaube, du magst es märchenhaft.«

Felinas Gesicht leuchtete auf. »Ich liebe Märchen!«, rief sie. »Woher weißt du das?«

Waldo Wunder und ihr Vater blickten zu den Kindern hinüber. Herr Wunder beobachtete die beiden einen Moment und nickte dann. »Sehr gut, sehr gut«, murmelte er.

Lenni sah Felina einen Moment prüfend an und zuckte dann die Schultern. »Das mit den Märchen war doch klar. Das merkt man. Aber das, was du nicht magst, ist Dunkelheit, oder?«

Das Mädchen drehte sich ruckartig weg. Ihr spitzes Gesicht verzog sich, aber sie sagte nichts. Lenni ließ den Blick durch Waldo Wunders Laden schweifen. Am Basteltisch glitzerte und funkelte es aus einem Topf mit Leuchtknete. Aber nachts konnte man nicht kneten.

Die Elfenfiguren schimmerten im Dunkeln nicht hell genug. Plötzlich fiel ihm etwas ins Auge: Im Schlossgarten, das war das Regal neben der Leuchtknete mit Puzzeln von Prinzessinnen und Blumen, standen riesige Papiertüten, weiß mit goldenen Sternen darauf. Vorsichtig öffnete er eine und zog einen tellergroßen Stern hervor. »Guck mal«, sagte er und hielt ihn einen Moment vor das vom Pfeil getroffene Herz. Dann knipste er das Nachtlicht aus.

Felina schnappte nach Luft. Der Stern schimmerte und funkelte wie tausend Diamanten, und gleichzeitig leuchtete er sanft wie der Vollmond. Felinas spitzes Gesicht wurde plötzlich ganz weich.

Lenni ließ den Stern zurück in die Tüte fallen. »Nachleuchtende Zaubersterne«, erklärte er geschäftig. »23 Stück in allen Größen und Formen.«

Felina sagte nichts. Mit einem versunkenen Blick griff sie nach der Tüte und hielt sie ihrem Vater hin. Der zahlte, verabschiedete sich von Herrn Wunder und öffnete die bimmelnde Ladentür. Lenni konnte die Schnitzerei auf der Außenseite sehen: *Einzig wahres Spielzeug seit 1712*. Er wunderte sich nicht zum ersten Mal darüber, was das eigentlich bedeuten sollte.

Bevor Felina hinausging, sah sie sich noch einmal zu Lenni um. Einen Moment sah sie ganz finster drein, als wäre es seine Schuld, dass sie statt mehrerer Elfenfiguren, Drachen, fliegender Pferde, Spiellandschaft, Zauberstäben und Feenstaub nur eine Tüte Sterne mit nach Hause nahm.

Aber Lenni war sich aus irgendeinem Grund sicher, dass sie für Felina genau richtig waren.

Kapitel 2

»Wunderbar gemacht, Lennart Lindenbaum. Ich gratuliere!« Herr Wunder trat hinter dem Ladentisch hervor und schüttelte Lenni die Hand.

Lenni lächelte verlegen. »Ich hab doch eigentlich gar nichts gemacht. Ich wollte bloß nicht, dass sie den ganzen Elfenwald auf den Kopf stellt.«

Waldo Wunders Augen blitzten. »Und dafür danke ich dir, mein Freund. Nun muss ich mich aber endlich um meine Lieferung kümmern.«

Er trat zu dem riesigen Kartonstapel hinüber, der die Hälfte des Ladens blockierte. Dabei fiel es Lenni wieder ein, das Riesenpaket, das seinen Namen trug und immer noch bei Herrn Wunders Spielzeuglieferung stand. Was hatte seine Mutter da bloß für ihn bestellt?

Er ging hinüber und riss das Klebeband ab. Waldo

Wunder machte sich derweil an seinen eigenen Paketen zu schaffen. Lenni wollte gerade die Klappe an seinem Karton öffnen, da gab es neben ihm einen lauten Knall und ein Rumpeln wie bei einem Erdbeben.

»Vorsicht!« Herr Wunder schubste Lenni Richtung Ladentisch. Im nächsten Moment war der Stapel mit den ungeöffneten Paketen umgestürzt. Herrn Wunders gesamte Spielzeuglieferung purzelte durch den Laden. Um ein Haar hätten die Päckchen Lenni und Herrn Wunder unter sich begraben.

»Ich wollte sie eigentlich nur in die Werkstatt schieben«, meinte Herr Wunder kopfschüttelnd.

»Ein paar sind schon drin«, sagte Lenni. Grinsend deutete er auf die Pakete, die bis in das Hinterzimmer geschlittert waren. Doch auch im Laden war praktisch jedes freie Stück Fußboden von großen und kleinen Päckchen bedeckt. Lenni sammelte einige ein. »Kommen Sie, die anderen schaffen wir auch noch.«

Es dauerte eine ganze Weile, bis Lenni und Herr Wunder ächzend und stöhnend alle Pakete in die Werkstatt getragen und dort wieder zu einem deckenhohen Stapel aufgebaut hatten. Sie teilten sich die Arbeit gerecht: Lenni schleppte, und Herr Wunder ächzte und stöhnte und wischte sich den Schweiß mit einem karierten Taschentuch von der Stirn.

»Danke, mein Freund«, sagte der Ladenbesitzer, als das letzte Paket verstaut war. »Siehst du, nun hast du mir schon wieder geholfen. Ich kann den Laden wohl kaum noch ohne dich betreiben.« Nachdenklich sah er Lenni an, dann verzog er das Gesicht und rieb sich die Stirn. Es sah aus, als ob er etwas Kompliziertes durchdenken würde. Herr Wunder hatte heute wirklich einen seiner besonders merkwürdigen Tage!

Endlich sah der Ladenbesitzer auf. »Möchtest du vielleicht eine Tasse Tee? Ich wollte mir gerade welchen kochen, als du zu Besuch kamst.«

Lenni schüttelte den Kopf. »Danke, aber ich mag keinen Tee, und außerdem …« Sein Magen verriet, was er sagen wollte, indem er laut grummelte.

»Ah, natürlich, du kommst ja direktemang aus der Schule!«, rief Herr Wunder aus. »Und hattest noch keine Zeit fürs Mittagessen. Stimmt's?«

»Meine Mama hat Lasagne gekocht, die soll ich mir warm machen.« Er wandte sich zur Tür.

»Warte doch, Lennart!« Waldo Wunder eilte zum Ladentisch, stolperte über die Eisenbahnschienen, taumelte und fing sich wieder. Ein Schatten flog über sein Gesicht, als er erneut in eine Schublade spähte. »Möchtest du vielleicht mit mir essen, Lennart? Ich habe gestern Nusskuchen gebacken. Nüsse sind ja sehr gesund und nahrhaft, und außerdem schmeckt der Kuchen fabelhaft. Vielleicht muss ich dich auch um einen kleinen Gefallen bitten.«

Lenni wurde sofort neugierig. Er dachte an den Teller, der oben in der Mikrowelle stand. Seine Mutter kochte nicht schlecht, aber wenn man Kuchen oder Aufgewärmtes zur Wahl hatte … »Na klar, ich bleibe«, sagte er. »Welchen Gefallen meinten Sie denn?«

»Das erkläre ich dir später. Kuchen ist immer wichtiger. Gib mir nur ein paar Minuten Zeit, alles vorzubereiten.«

»Dann bringe ich noch schnell mein Paket nach oben«, sagte Lenni.

Doch das war gar nicht so leicht. Schleppen ging nicht, weil das Paket zu schwer war. Außerdem rutschte es ihm immer wieder aus den Fingern. Schließlich legte er es wie ein Snowboard auf die Stufen und schob es in den zweiten Stock. Als er es endlich in seinem Zimmer hatte, war er ziemlich sauer auf den unpraktischen Kasten.

»Ich mach dich nicht auf, da kannst du lange warten!«, sagte er zu dem Paket und schob es in die Ecke zwischen Wand und Kleiderschrank. Okay, dass er jetzt mit Paketen redete, war vielleicht ein bisschen seltsam. Waldo Wunder färbte ganz eindeutig auf ihn ab!

Rasch rannte Lenni die Treppen zurück nach unten.

»Ah, Lennart, da bist du ja wieder! Kakao und Kuchen sind schon serviert.« Mit einer kleinen Verbeugung deutete Herr Wunder auf den Ladentisch, auf dem eine weiße Serviette als Tischtuch, zwei Teller mit Kuchen und zwei dampfende Tassen standen. Ein süßer Duft nach Nuss und Schokolade lag in der Luft.

Herr Wunder drückte Lenni auf einen geschnitzten Hocker in Form eines Elefanten und nahm selbst auf seinem abgeschabten Werkstattschemel Platz. Eine Weile aßen und tranken sie schweigend.

»Lecker«, sagte Lenni, als er seinen Kuchen verputzt hatte. »Meine Mutter backt längst nicht so gut wie Sie.«

Waldo Wunders Augen blitzten. »Ich wollte mich noch bei dir bedanken, Lennart. Du hast mir mit dem Mädchen Felina wirklich sehr geholfen.«

»Aber ich hab doch gar nichts gemacht!«, wiederholte Lenni.

Der Ladenbesitzer schüttelte den Kopf. »Du hast sehr wohl etwas gemacht: Du hast herausgefunden, was sich die junge Dame wirklich wünscht. Du hast ihr einzig wahres Spielzeug gefunden. Sie wird so bald nicht wiederkommen. Vielleicht niemals.«

Lenni verschluckte sich fast an seinem Kakao. »Soll das heißen, Felina braucht für den Rest ihres Lebens kein Spielzeug mehr zu kaufen? Keinen goldenen Drachen und keine Elfenkinder?«

Waldo Wunder nickte.

Lenni starrte den Ladenbesitzer an. »Aber, Herr Wunder«, meinte er, »wenn Felina hier nie wieder etwas kaufen muss, da wären Sie doch ziemlich blöd dran! Da habe ich ja quasi Ihrem Geschäft geschadet! Und ist es nicht auch ganz schön traurig, wenn man nie wieder ein anderes Spielzeug haben möchte?«

Der Spielzeugverkäufer winkte ab. »So ist es nun mal mit dem einzig wahren Spielzeug. Es ist das, was sich ein Kind wirklich wünscht. Natürlich mag jedes Kind auch noch ein paar Dinge mehr haben, wegen der Abwechslung oder schlicht, weil das Einkaufen so einen Spaß macht. Aber eigentlich braucht es nichts anderes. Rein gar nichts, nur sein einzig wahres Spielzeug.«

»Auch wenn das bedeutet, dass Sie jedem Kind nur einmal etwas verkaufen können?«, wollte Lenni wissen.

»Ja, auch dann. Nur dafür gibt es diesen Laden. Jedes Kind soll sein einzig wahres Spielzeug bekommen.« Waldo Wunder rückte seine Brille zurecht und öffnete schon wieder eine Schublade am Ladentisch. Lenni fing an, sich zu fragen, was da wohl drin war. Herrn Wunders Gesichtsausdruck nach jedenfalls nichts Gutes.

»Unverändert«, murmelte der Ladenbesitzer. »Ich glaube … Ich fürchte … Ah, ja, es ist wohl so …« Er räusperte sich und sah auf. »Lennart, ich muss verreisen. Heute noch. Sofort.«

»Oh, ach, so«, sagte Lenni und nahm rasch einen letzten Schluck Kakao. »Na, dann geh ich jetzt wohl besser.«

»Halt, nicht so schnell, mein Freund!« Waldo Wunder beugte sich vor und fixierte Lenni mit seinen Riesenaugen. »Ich möchte dich um Hilfe bitten.«

Lenni setzte sich auf. Er war wirklich neugierig, was jetzt kam! Nach dem Riesenpaket, Herrn Wunders Erklärungen zu dem einzig wahren Spielzeug und seinen Andeutungen über einen Gefallen, den Lenni ihm tun sollte, konnte sein Tag eigentlich nicht mehr viel merkwürdiger werden.

Der Spielzeugverkäufer warf einen Blick auf die Uhr über dem Ladentisch. Dann ging er zur Ladentür, drehte den Schlüssel um und wendete das Schild hinter dem Fenster auf *Geschlossen*. Den Schlüssel drückte er Lenni in die Hand. »Könnte ich dich bitten … Es wäre doch nicht zu viel verlangt … Ich meine, wäre es möglich, dass du den Laden hütest, während ich weg bin, Lennart?«

Lenni sah Herrn Wunder erstaunt an.

»Natürlich musst du den Laden nicht öffnen«, erklärte der schnell. »Das geht ja auch gar nicht, schließlich hast du Schule und Hausaufgaben und so weiter. Aber es wäre mir eine große Hilfe, wenn du ab und zu nach

dem Rechten sähest. Kannst du das für mich tun?«

Lenni wog den schweren, goldenen Schlüssel in seinen Händen. »Okay …«, sagte er langsam. »Wenn Sie meinen.« Er ließ den Schlüssel in die Hosentasche gleiten.

Ihm war nicht ganz klar, was Herr Wunder von ihm wollte. Es gab im Laden keine Blumen zu gießen und keine Katze zu füttern. Dass er die Unmengen von Spielsachen im Elfenwald, auf dem Mars, im Citycenter, in der Puppenstube oder einer der anderen Ladenecken abstaubte, erwartete Herr Wunder hoffentlich auch nicht! Eigentlich musste er sich also um nichts kümmern. Nur die Post konnte der Postbote dann nicht wie sonst hier abgeben, während Lenni in der Schule und seine Mutter bei der Arbeit im Krankenhaus waren.

»Du musst wirklich nicht viel tun«, sagte Herr Wunder, als hätte er Lennis Gedanken gelesen. »Nur dann und wann mal nachsehen, ob es allen gut … ob alles gut ist. Um die neue Lieferung in der Werkstatt kümmere ich mich, wenn ich zurück bin. Ich muss nur noch meinen Mantel und Koffer holen, dann bin ich reisefertig.«

Lenni und Herr Wunder verließen Waldo Wunders fantastischen Spielzeugladen durch die Tür zum Hausflur. Mit dem Zweitschlüssel verriegelte Herr Wunder. Aus seiner Wohnung im ersten Stock holte er einen Mantel und einen altmodischen Lederkoffer. Unten im Hausflur schüttelte er Lenni die Hand.

»Auf Wiedersehen«, sagte er. »Und herzlichen Dank für deine Hilfe.«

»Klar«, sagte Lenni. »Bis bald, Herr Wunder, und gute Reise.«

Er hielt dem Ladenbesitzer die Haustür auf, doch der rührte sich nicht.

»Ah, Lennart, eine Sache noch.« Waldo Wunder trat einen Schritt auf Lenni zu, blinzelte ein paarmal mit seinen Riesenaugen und sagte: »Öffne niemals – niemals! Hörst du? … Öffne niemals die dritte Schublade von rechts.«

Er knöpfte seinen Mantel zu, zog ein Paar Lederhandschuhe an und griff nach seinem Koffer. Pfeifend lief er die Pulvergasse in Richtung Bahnhof hinunter.

Lenni sah ihm stirnrunzelnd nach. Der goldene Ladenschlüssel hing schwer in seiner Hosentasche. Ihm fiel plötzlich auf, dass Herr Wunder weder gesagt hatte, wohin er reisen wollte, noch, wie lange er wegbleiben würde.

Kapitel 3

Einige Tage lang hörte Lenni nichts von Herrn Wunder. Morgens vor der Schule und mittags auf dem Heimweg ging er wie immer am Spielzeugladen vorbei, doch der lag im Dunkeln. Post kam nicht, und auch sonst fand Lenni keinen Grund, den Laden zu betreten. Nach drei Tagen allerdings beschloss er, doch mal nach dem Rechten zu sehen. Vielleicht war es ja sogar ganz witzig, einen Spielzeugladen ganz für sich allein zu haben!

Auf dem Rückweg vom Skatepark schloss Lenni sein Bike in der Pulvergasse an, zückte den goldenen Ladenschlüssel und öffnete die Tür.

Das Ladeninnere war noch düsterer als sonst. Lenni knipste die Fliegenpilzlampe an und sah sich um. Die Roboter, Fahr- und Flugzeuge standen ordentlich auf dem Mars. In der Puppenstube kuschelten sich die großen und kleinen Puppen an die Sorgenfresser und Puppenmöbel. Das Werkstatt-Regal war voller Schnitzholz, Werkzeuge und Bastelsets. Nur ein Waggon der Eisenbahn, die über den Fußboden fuhr, war entgleist und umgestürzt. Daneben lag eine Spielfigur mit Polizeiuniform.

Lenni kniete sich hin, richtete den Zugwagen auf und koppelte ihn an die Lok an. Dann nahm er die Polizistenpuppe zur Hand. »Na, wolltest du dich gleich um den Unfall kümmern und den Verkehr sichern?«, fragte er grinsend. »Wirklich vorbildlich.« Er setzte die Figur ins Citycenter zwischen Feuerwehrleute und Krankenwagen.

Ein Rumpeln ließ Lenni herumfahren. Vor der Tür standen zwei kleine Jungs und spähten in den Laden. Einer rüttelte an der Klinke. Als er sah, dass Lennart ihn anblickte, winkte er.

»Es ist geschlossen!«, sagte Lennart laut und deutete auf das Schild an der Ladentür. Die beiden Jungen sahen enttäuscht aus. Sie betrachteten noch einige Augenblicke die Trecker und Landmaschinen im Schaufenster, dann gingen sie. Lenni war erleichtert. Er hatte nicht vor, hier ohne Herrn Wunder Spielzeuge zu verkaufen! Er wusste ja noch nicht einmal, wie die Kasse funktionierte. Und wer weiß, vielleicht war es auch gar nicht erlaubt, dass Kinder so etwas machten.

Lenni ging zur Ladentür, öffnete und spähte die Pulvergasse hinunter. Die beiden Jungs waren verschwunden. Er wollte gerade die Ladentür schließen, da rief jemand seinen Namen.

Lenni sah sich um. Ein Rudel Hunde galoppierte die Pulvergasse hinunter und hielt direkt auf ihn zu: zwei riesige dünne Vierbeiner, ein mächtiges Fellbündel von der Größe eines Kalbs, drei kleine mit plattgedrückten Schnauzen und ein schmaler, zweibeiniger.

Lenni schüttelte den Kopf. Der zweibeinige Hund war natürlich kein Hund, sondern ein Mädchen. Es

trug eine vollgestopfte Umhängetasche, an der die Nasen der beiden dürren Hunderiesen geradezu klebten. Sabber tropfte auf die Schuhe des Mädchens. Seine Haare wurden eindeutig nicht von einem Haarband, sondern von einer Leine zurückgehalten.

»Hi, Lennart, alles klar?«, rief das Mädchen, während es im Laufschritt herbeijoggte.

»Hi … äh … Merle«, erwiderte Lenni. Das Mädchen ging in seine Parallelklasse, aber er hatte noch nie mit ihm geredet.

Merle bohrte die Hacken ins Kopfsteinpflaster und murmelte einen leisen Befehl. Die sechs Hunde hielten auf Kommando und sprangen hechelnd um sie herum. »Ich führe Hunde aus«, erzählte sie überflüssigerweise und sah die Vierbeiner liebevoll an. »Fürs Tierheim. Sind sie nicht süß?«

»Äh«, machte Lenni wieder. Der kalbsgroße Hund schien gerade Merles Hand aufzufressen, und einer der ganz kleinen hob sein Bein an der Laterne, an der Lennis Fahrrad stand. »He, lass das!«, rief er entsetzt und scheuchte den Hund weg.

»Sei nett zu Theo! Oder ist das Fritzi? Oder Bert?«, sagte Merle. »Die drei sind Möpse, und ich kann sie einfach nicht auseinanderhalten. Aber sie sind ganz lieb, weißt du? Auch wenn sie nicht so aussehen.«

»Stimmt, sie sehen eher aus wie schlecht gelaunte Boxer«, erwiderte Lenni und grinste Merle an. Sie fing ebenfalls an zu lachen und wirkte gleich viel normaler. Dann ließ sie ihren Blick über das Haus Nummer 9 gleiten. »Was kaufst du denn?«, fragte sie.

»Ich kaufe doch kein Spielzeug mehr«, meinte Lenni schnell und fügte lässig hinzu. »Ich *arbeite* hier.«

»Echt?« Merles Augen wurden groß. »Cool! Kann ich mal reinkommen? Kannst du mir alles zeigen?«

»Äh«, machte Lenni zum dritten Mal und zeigte auf die Hundemeute zu Merles Füßen.

Sie lächelte. »Okay, verstehe«, sagte sie. »Dann komme ich an einem anderen Tag vorbei. Wir sehen uns in der Schule. Tschüss, Lennart!«

»Lenni«, erwiderte er. »Niemand nennt mich Lennart«, aber Merle hörte ihn schon nicht mehr. Die sechs Hunde zerrten sie die Pulvergasse hinunter und um die Ecke, wo es zum Fluss ging. Lenni begutachtete sein Bike, das zum Glück bei Theos Beinheben nichts abbekommen hatte, verschwand im Laden und schloss die Tür mit dem goldenen Schlüssel zu.

Zurück im Laden fragte Lenni sich, was er nun tun sollte. Alles war ordentlich und sauber, selbst die Fußmatte war nicht staubig. Nach Hause wollte er aber auch noch nicht.

Lenni trat zum Regal mit der Aufschrift *Bibliothek* und ließ seine Finger über die Buchrücken gleiten. Ein besonders dicker Wälzer fiel ihm ins Auge. Er wollte ihn in die Hand nehmen, doch das Buch saß fest. Er zog und zerrte. Es war fast, als würde sich das Buch an seinen Nachbarn festhalten.

»Du willst wohl nicht gelesen werden, was?«, fragte Lenni laut. Natürlich erwartete er keine Antwort, aber das Buch gab ihm dennoch eine: Plötzlich flutschte es nur so aus dem Regal, und Lenni taumelte rückwärts.

Alles Wissen der Welt speziell für junge Herren und solche, die es werden wollen stand in goldener Schrift auf dem dunkelblauen Leineneinband. Gespannt schlug Lenni das Buch auf. Es sah auf den ersten Blick aus wie ein öder Benimm-Ratgeber mit Themen wie *Tischmanieren* und *Krawatten binden*. Doch es gab auch Spannendes. Lenni blätterte zum Kapitel *Erste Hilfe* und betrachtete feine Zeichnungen von blutenden Wunden, zerkauten Heilpflanzen und kreuzweise gewickelten Verbänden. Er rief laut »Bäh!«, als er über das Kapitel *Essbare Insekten* stolperte, und blätterte ganz schnell weiter. Mit dem dicken Wälzer in der Hand wanderte er schließlich zu dem geschnitzten Elefantenhocker, ließ sich darauf sinken und begann zu lesen. Das Kapitel *Repariere dein Fahrrad selbst* zog ihn komplett in seinen Bann.

Irgendwann ließ Lenni das Buch sinken. Es war wirklich spannend. Ob Herr Wunder etwas dagegen hätte, wenn er es sich auslieh? Nein, so richtig traute er sich das nicht. Er musste eben morgen zum Lesen wiederkommen. Vielleicht konnte er die Jungs im Skatepark ja noch einen Nachmittag alleine biken lassen. Es würde sicher nicht schaden, wenn er regelmäßig im Laden vorbeischaute.

Und dann war da noch etwas ... Lenni konnte nicht richtig beschreiben, was er fühlte, aber ... Wenn er so allein im Laden und ganz ruhig war, dann spürte er etwas. Es war eine Art Kribbeln oder Vibrieren, ganz zart nur. Irgendetwas Abenteuerliches lag in der Luft. Lenni strich über die Seiten des dicken Buches. Sie fühlten sich anders an als normale Buchseiten. Aber wie, das konnte Lenni auch nicht beschreiben.

»Du bist verrückt, Lenni!«, sagte er laut zu sich selbst. »Zu viel alleine gewesen, was?«

Trotzdem wollte Lenni gern noch mehr Zeit in Waldo Wunders Spielzeugladen verbringen. Es war einfach irre, einen ganzen Spielzeugladen für sich alleine zu haben. Wenn er es sich genau überlegte, könnte er mit allem spielen, ohne dass ihn jemand sah!

Lenni warf einen raschen Blick zum Schaufenster. Die Pulvergasse war wie ausgestorben. Also ließ er sich auf die Knie sinken und startete die Modelleisenbahn auf dem Fußboden. Ratternd rollte sie zwischen den Tischen und Regalen mit Spielzeugen herum. Lenni griff einen Plüschdino und legte ihn auf die Schienen.

»Hilfe, Hilfe!«, ließ er den Plüschdino schreien und fuhr rasch einen Roboter heran, der den Plüschdino von den Gleisen schubste. »Gerettet!«, hauchte er dankbar. Roboman wackelte stolz auf der Stelle.

»Willst du mehr Action?«, fragte Lenni ihn. Ohne eine Antwort abzuwarten, brachte er das ferngesteuerte Spielzeug in die Puppenstube hinüber. Die Puppen waren entsetzt über den Eindringling, jedenfalls stellte Lenni sich das vor. Also übernahm er selbst die Rolle des rettenden Helden und lenkte den Roboter zurück auf seinen Platz. Selbstverständlich musste Lenni dabei großen Gefahren trotzen, denn die Indianer im Camp waren gerade auf dem Kriegspfad, und auf dem Mars herrschte eine gefährliche Sauerstoff-Knappheit.

Irgendwann hatte Lenni genug gespielt. Seine Knie taten weh, und seine Haare standen in alle Richtungen ab – egal! Das hier war eigentlich genauso cool wie mit seinem Bike durch die Gegend zu sausen! Fast jedenfalls.

Lenni räumte die Spielzeuge wieder zurück an ihre Plätze, klappte das dicke Buch auf dem Elefantenhocker zu und sah sich noch einmal prüfend um. Es schien alles in Ordnung zu sein. Die Ladentür war fest verschlossen und auch ein prüfender Blick in Herrn Wunders Werkstatt offenbarte nichts Ungewöhnliches.

Doch halt, eines: das schwarz-blaue Blechmännchen, das Lenni versehentlich aus Herrn Wunders Paket genommen hatte. Lenni war sicher, dass Herr Wunder es vor seiner Abfahrt ordentlich in seinen Karton zurückgestellt hatte, aber es lag jetzt mitten in der Werkstatt auf dem Fußboden.

Lenni hob die Blechfigur auf und zog testweise die große Flügelschraube auf dem Rücken auf. Das Männchen begann, mit eckigen Schritten vorwärtszugehen und mit dem Schwert die Luft zu zerschneiden. Dabei schepperte und ratterte es ganz fürchterlich. Rasch drehte Lenni die Schraube vorwärts, und die Figur fiel wieder in ihre blecherne Starre.

Weil er nicht wusste, was er sonst mit der Figur tun sollte, brachte Lenni sie zum Kaiserpalast. In diesem uralten Puppenhaus, das fast bis zur Decke reichte, verwahrte Herr Wunder alles, was alt und altmodisch war.

»Leute, das ist Blechmann, euer neuer Kumpel«, sagte Lenni zu einer einäugigen Porzellanpuppe und einem etwas abgenutzten Teddybären. »Blechmann, sei schön brav.«

Lenni verließ den Laden durch die Hintertür und ging nach oben in die Wohnung. Wenn er sich nicht täuschte, redete er inzwischen nicht nur mit Paketen, sondern auch mit Büchern, Blechfiguren und anderem Spielzeug. Es wurde wirklich Zeit, dass er mal wieder etwas ganz Normales tat.

KAPITEL 4

Am nächsten Tag in der Schule verabredete Lenni sich mit seinen Kumpels zum Biken.

»Ich habe im Wald eine total coole Rampe entdeckt«, erzählte sein Freund Max. »Die ist megasteil. Wetten, dass du die nicht beim ersten Versuch runterkommst?«

»Wetten doch?«, fragte Lenni und nahm sich vor, es Max auf jeden Fall zu zeigen. Vorher wollte er allerdings im Spielzeugladen vorbeisehen. Das dicke Buch hatte ihn neugierig gemacht, und er wollte auch gern noch ein bisschen mit dem Mars-Roboter spielen. Also ging er am Nachmittag die Treppe nach unten, drehte den Schlüssel im Schloss um, öffnete die Tür – und rannte dagegen.

»Au!« Lenni rieb sich die Nase. Die Ladentür hatte

sich nur einen Spaltbreit öffnen lassen. Lenni hatte aber schon zu viel Schwung draufgehabt, um rechtzeitig anzuhalten. Seine arme Nase!

Lenni drückte gegen die Tür. Irgendetwas stoppte sie auf der Innenseite. Endlich war der Spalt so weit, dass Lenni sich hindurchschieben konnte.

»Was zum …?«, murmelte er. Direkt hinter der Tür stand ein Tischchen, auf dem einige Dino-Plüschtiere saßen und Lenni mit großen Knopfaugen ansahen. Wo kamen die denn her? Normalerweise stand der Tisch doch ganz woanders.

Lennis Herz klopfte plötzlich bis zum Hals. Die vernünftigste Erklärung war eindeutig: Herr Wunder war zurück. Aber warum sollte der einen Tisch vor die Tür schieben? Die gruseligste Erklärung dagegen lautete: Jemand war in den Spielzeugladen eingebrochen!

»Hallo? Herr Wunder? Sind Sie zurück?« Lenni lauschte, aber alles blieb still. Nur dieses komische, kribbelige Gefühl, das hatte er weiterhin. Doch auf den ersten Blick sah in den Spielzeugregalen alles ganz normal aus. Nichts schien zu fehlen oder am falschen Platz zu stehen, wenn man mal von dem Tisch mit den Dino-Kuscheltieren absah.

Lenni schritt durch den Laden und scannte mit den Augen auch die anderen Regale ab: die Werkstatt, das

Indianercamp, den Elfenwald, die Bunte Ecke mit den Flummis und Bällen …

Da zog es ihm plötzlich den Boden unter den Füßen weg. Irgendetwas brachte ihn aus dem Gleichgewicht, und er ruderte mit den Armen, bevor er unsanft auf den Allerwertesten plumpste. Ein Haufen funkelnder Glasmurmeln kullerte in alle Richtungen davon. Lenni war anscheinend darauf getreten und ins Stolpern gekommen. Aber gestern hatte er doch alles aufgeräumt! Hatte er die Murmeln auf dem Boden einfach übersehen?

Plötzlich bekam Lenni es mit der Angst zu tun. Er sprang auf, rannte aus dem Laden, schloss die Tür zu und schwang sich auf sein Fahrrad. Irgendetwas stimmte mit dem Spielzeugladen ganz und gar nicht!

»Lenni, Alter!«, grölte Max später. »Pass doch auf!«

Lenni stand gerade zum dritten Mal vom Waldboden auf. Die neue Rampe war wirklich extrem steil und durch das lockere Laub auch noch rutschig. »Ich kann eben besser auf Betonbahnen biken«, murmelte er. »Kommt, fahren wir lieber zum Skatepark.«

Er schwang sich auf sein Rad und strampelte los. Max, Luis und die anderen kamen kaum hinterher. Aber Lenni fühlte sich mit jedem gefahrenen Meter wohler.

Okay, im Spielzeugladen war irgendetwas Komisches passiert. Aber dass es etwas Unerklärliches oder gar Gefährliches war, das konnte Lenni jetzt im hellen Sonnenschein immer weniger glauben. Wahrscheinlich hatte er sich einfach nur geirrt. Bestimmt war er beim Spielen selbst gegen das Tischchen gestoßen und hatte es verschoben. Und ohne sich jetzt noch daran zu erinnern, hatte er den Laden dann durch den anderen Ausgang verlassen. Klar, eine andere Erklärung gab es nicht. Etwas Böses ging im Spielzeugladen bestimmt nicht vor sich. Das spürte Lenni so deutlich wie dieses seltsame Gefühl, wenn alles still war.

Eine Weile überlegte Lenni, Max zu fragen, was er von all dem hielt. Aber irgendwie war es ihm peinlich, von seiner plötzlichen Panik zu berichten.

Zurück zu Hause klingelte Lenni an Herrn Wunders Wohnungstür. Niemand antwortete. Also war der Ladenbesitzer wirklich nicht von seiner Reise zurück und hatte auch nicht den Tisch und die Murmeln im Laden verteilt.

Entschlossen betrat Lenni noch einmal den Spielzeugladen. Er schob das Tischchen an seinen Platz und sammelte die Murmeln ein. Dann sah er sich ganz genau um. Alles war ordentlich, nur das Buch lag noch auf dem Ladentisch, direkt über der dritten Schublade von rechts, von der Herr Wunder gesprochen hatte. Das war noch so etwas Rätselhaftes. Warum durfte Lenni die Schublade nicht öffnen? War es nicht genau die, in die Herr Wunder vor seiner Abreise immerzu gespäht hatte?

»Was ist da bloß drin?«, fragte Lenni laut. Dann erschrak er. Aus dem Augenwinkel hatte er eine Bewegung wahrgenommen, auf dem Ladentisch! Doch das Buch lag noch an Ort und Stelle. »Natürlich liegt es noch da, du Angsthase!«, schimpfte Lenni mit sich selbst. Er schob das dicke Buch an seinen Platz im Regal und verließ den Laden.

In den nächsten Tagen klingelte Lenni täglich an Herrn Wunders Wohnung und verbrachte immer wieder Zeit im Spielzeugladen. Nichts Unerwartetes geschah. Herr Wunder kam nicht zurück, und auch Merle tauchte nicht auf, wie sie versprochen hatte. Nach einiger Zeit traute Lenni sich auch wieder, in dem dicken Buch zu lesen und mit den Spielzeugen zu spielen.

An einem Nachmittag etwa eine Woche nach Herrn Wunders Abreise goss es draußen in Strömen, und Lenni konnte nicht mit Max und Luis zum Skatepark fahren. Seine Mutter schlief. Sie hatte Nachtschicht gehabt und war erst nach Hause gekommen, als Lenni schon zur Schule aufbrach.

Lenni hatte bereits Hausaufgaben gemacht und seinen Spieletisch aufgeräumt, sodass er dort Tischtennis gegen die Wand und Fingerfußball spielen konnte. Jetzt wusste er nichts mehr mit sich anzufangen. Das Wummern unten im Hausflur kam daher genau richtig.

Lenni sprintete die knarzenden Treppenstufen nach unten. Das Geräusch drang aus dem Spielzeugladen. Er eilte vom Hausflur zur Hintertür hinein und sah Felinas spitzes Gesicht an die Ladentür gepresst.

Kurz vor der Tür stolperte Lenni so heftig, dass er sich nicht mehr auf den Beinen halten konnte. Er sah noch den Roboter, mit dem er schon öfter gespielt hatte, dann landete er auf dem Fußboden. Mit verzerrtem Gesicht massierte er sich die Hände und Knie. Der Roboter lag neben ihm und blickte ihn starr an.

»Was machst du hier, Roboman?«, fragte Lenni. »Ich hätte mir sonst was brechen können!«

Lenni betrachtete den Roboter scharf. Natürlich antwortete er nicht, aber Lenni war überzeugt, dass er ihn am Vortag ordentlich weggeräumt hatte. Den Roboter sicher nach Hause auf den Mars zu bringen war nämlich Teil seines Spiels gewesen.

»Hahahaaa!«, hörte Lenni dumpf durch die Scheibe, und dann klopfte es wieder. Felina zeigte mit dem Finger auf Lenni und lachte sich über ihn kaputt. Kein Wunder, er saß ja auch auf dem Fußboden und unterhielt sich mit einem Spielzeug!

Schnell rappelte sich Lenni auf. Er fühlte Ärger in sich aufsteigen, und seine Hände schmerzten. Kurz lehnte er sich an den Ladentisch, um zu verschnaufen. Auf dem geschnitzten Hocker, den er inzwischen zu seinem Lieblingsleseplatz erkoren hatte, lag das dunkelblaue Buch mit der Goldschrift. Gestern hatte Lenni darin den Abschnitt über Gift- und Heilpflanzen gelesen. Danach hatte er ein Lesezeichen in das Buch gelegt und es zugeklappt, das wusste er genau. Jetzt lag es offen da.

Felina klopfte nun so heftig gegen die Scheibe, dass sie im Rahmen schepperte. »Ich komm ja schon!«, rief Lenni und raste zur Tür, um aufzuschließen. »Mach hier nicht schon wieder alles kaputt«, mahnte er, als sich das Mädchen in den Laden drängelte.

»Du«, sagte Felina und verzog ihr spitzes Gesicht zu einer grimmigen Grimasse. »Du hast mir diese Sterne aufgeschwatzt.«

»Habe ich gar nicht«, erwiderte Lenni. »Ich habe dir einen Vorschlag gemacht und du hast ihn angenommen. Selbst schuld, wenn sie dir jetzt nicht gefallen.«

Felina funkelte Lenni noch einige Augenblicke an, dann glättete sich ihr Gesicht plötzlich, und sie strahlte. »Die Sterne sind märchenhaft«, sagte sie. »Sie hängen über meinem Bett. Abends vor dem Einschlafen gucke ich sie immer an, und sie strahlen und leuchten so, dass die Dunkelheit keinen Platz mehr hat. Seit ich sie habe, bin ich nicht einmal nachts aufgewacht. Ich schlafe einfach, bis es wieder hell ist. Das ist … na ja, eben märchenhaft. Und du bist schuld!«

Lenni sah das Mädchen ungläubig an. »Soll das so eine Art Dank sein?«, fragte er.

»Mmh«, machte Felina. In ihrem Gesicht arbeitete es, und schließlich murmelte sie leise »Danke«.

»Schon okay«, meinte Lenni. »Leider kannst du heute nicht noch mehr einkaufen.« Er dachte an die Elfe, die Feenkinder, den Drachen, das geflügelte Pferd und all die anderen Dinge aus dem Elfenwald, die Felina bei ihrem letzten Besuch an sich gerissen hatte. Er wollte die Spielsachen lieber vor dem Mädchen beschützen. »Herr Wunder ist verreist«, sagte er daher. »Ich passe hier nur ein bisschen auf.«

Felina sah sich im Spielzeugladen um. Dann zuckte sie die Schultern und sagte: »Ich brauche nichts, ich habe ja die Sterne.« Sie drehte sich um und verließ hopsend den Laden.

KAPITEL 5

»Guten Morgen, mein Schatz!«, sagte Lennis Mutter fröhlich, als er später in die Wohnung kam. »Wo warst du denn?«

Lenni grinste. »Guten Morgen? Mensch, Mama, es ist fast sieben Uhr abends«, meinte er. »Was gibt es zu essen?«

Lola umarmte ihren Sohn und hielt ihn dann fest, um ihn genau anzusehen. »Brote, wie jeden Abend. Und was hast du heute Nachmittag getrieben? Skatepark?«

Lenni schüttelte den Kopf. »Es hat doch gegossen wie aus Eimern«, erklärte er. »Ich war die meiste Zeit hier und dann noch kurz im Spielzeugladen.«

»Und, gab es Post zu sortieren oder irgendetwas sonst zu erledigen?«, fragte seine Mutter weiter.

Lenni zuckte mit den Schultern. »Nö«, sagte er. »Eigentlich weiß ich nicht so richtig, warum mir Herr Wunder den Schlüssel überhaupt gegeben hat. Die Spielzeuge werden schon nicht weglaufen, während er verreist ist.«

Lola Lindenbaum lächelte ihren Sohn an. »Stimmt. Aber ich bin echt stolz auf dich. Mensch, Herr Wunder hat dir seinen Laden anvertraut, ist das nicht toll? Nur schade, dass er so lange weg ist. Ist es denn wirklich okay für dich, manchmal nachts alleine im Haus zu sein, wenn ich im Krankenhaus bin?«

»Mama!«, beschwerte sich Lenni. »Ich bin doch kein Kleinkind mehr! Ich bin schon ewig nicht mehr zu Herrn Wunder gelaufen, nur weil du nicht da warst. Für mich macht es überhaupt keinen Unterschied, ob er unten in der Wohnung ist oder nicht.«

Lennis Mutter setzte sich an den Tisch in der winzigen Küche. »Ist ja gut, mein Großer. Lass uns jetzt essen, ja? Ich muss bald los.«

Lenni war schon bettfertig, als seine Mutter die Wohnung verließ. Er hörte ihre Schritte auf den knarzenden Stufen nach unten gehen, dann klapperte die Haustür. Und schließlich war es still in der Pulvergasse 9.

Lenni fand keinen Schlaf. Das Haus war ungewohnt ruhig heute Abend. Er war ganz allein im zweiten Stock. Im ersten Stock lag die Wohnung von Herrn

Wunder ebenfalls verlassen da. Und ganz unten der dunkle Spielzeugladen … der Spielzeugladen.

Ruckartig setzte Lenni sich im Bett auf. Er wusste ganz genau, dass es für all die merkwürdigen Dinge rund um den Laden eine vernünftige Erklärung geben musste. Und die würde er jetzt finden!

Lenni schlüpfte in seine Hausschuhe und einen dicken Pulli, nahm den Wohnungsschlüssel und eine Taschenlampe mit nach unten. Besser, er knipste das Licht in der Nacht nicht an, das könnte sonst von außen komisch aussehen.

Unten im Laden machte Lenni ein paar vorsichtige Schritte in den Raum hinein, und die Tür fiel hinter ihm ins Schloss. Sein Hausschuh stieß plötzlich gegen etwas Hartes, und es schepperte. Es war das Blechmännchen, das mitten im Laden auf dem Fußboden lag. Lenni hob es auf und stellte es in den Kaiserpalast zurück. Dann ließ er den Strahl der Taschenlampe umherwandern.

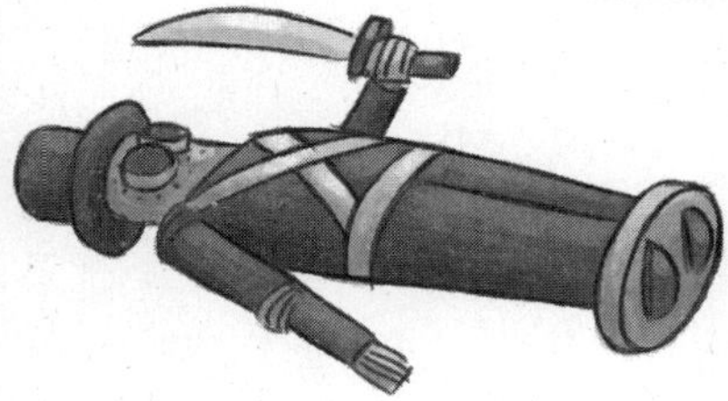

Die Eisenbahn auf dem Fußboden hielt am Bahnhof, die Roboter und Raumschiffe standen starr auf dem Mars. Die Elfen, Feen und Einhörner steckten im Elfenwald ihre glitzernden Köpfe zusammen, die Bücher

standen in Reih und Glied in der Bibliothek, und die Trommeln und Tomahawks lagen feinsäuberlich neben den Tipis im Indianercamp.

Lenni atmete die angestaute Luft aus – und zog sie gleich wieder erschrocken ein. Sein Herz machte einen Satz. Im Indianercamp hatte sich etwas bewegt! Lenni lenkte den Lichtstrahl zurück zu den Indianerfiguren, Tipis und Tomahawks, aber er konnte nichts entdecken.

Wieder einmal lauschte Lenni in die merkwürdige Stille des Ladens hinein. Er knipste sogar die Taschenlampe aus, um sich besser konzentrieren zu können. Und dann sah er es: ein zartes Schimmern, das vom Ladentisch herrührte. Er trat näher und entdeckte einen hellen Strich zwischen einer Schublade und der Tischplatte. Es war die dritte Schublade von rechts. Etwas leuchtete in ihrem Inneren. Nicht hell, aber im Dunkeln doch deutlich sichtbar.

Wie in Zeitlupe hob Lenni eine Hand. Er legte sie auf den Knauf. Sollte er es wirklich wagen, die Schublade zu öffnen? Eigentlich hatte Herr Wunder es ja verboten, aber Lenni musste wissen, war darin war. Also zog er, und …

»Autsch!« Etwas Hartes traf Lenni am Hinterkopf.

Im nächsten Augenblick wurde sein Körper von einem wahren Donnerwetter an Schlägen getroffen. Es war wie ein Hagelschauer aus besonders riesenhaften eisigen Körnern. Lenni duckte sich unter den Ladentisch. Eins der Geschosse prallte vom Regal neben ihm ab und kullerte ihm vor die Füße. Lenni knipste die Taschenlampe wieder an. Es war ein Flummi.

»Wer ist da?«, fragte Lenni laut, obwohl ihm das Herz vor Angst fast zum Hals heraushüpfte. »Wer wirft diese Flummis?«

Niemand antwortete.

Lenni tastete mit einer Hand nach dem Schalter der Lampe auf dem Ladentisch. Licht flammte auf. Die Flummis polterten zu Boden. Und Lenni blieb die Spucke weg.

Nicht *jemand* hatte die Flummis geworfen, sondern *etwas*. Roboman und zwei andere Roboter ließen unschuldig die Arme sinken, doch die Flummis, die sie noch in ihren Greifhänden hielten, verrieten alles. Die Indianerfiguren feuerten sie ganz eindeutig an. Und ein paar Flummis rollten gerade aus eigener Kraft aus dem Regal und zum Mars hin, um sich ebenfalls werfen zu lassen.

In Lennis Kopf drehte sich alles. Die Spielzeuge in Waldo Wunders Laden waren ganz offensichtlich lebendig – und nicht besonders gut auf ihn zu sprechen.

Kapitel 6

Lenni ließ sich hinter dem Ladentisch zu Boden sinken. Er atmete schwer. Ein Teil von ihm wollte weglaufen, ab ins Bett und sich die Decke über den Kopf ziehen. Ein anderer, sehr großer Teil, war felsenfest überzeugt, dass er sowieso schlief und alles nur träumte. Doch dafür schmerzte die Stelle am Kopf, wo der erste Flummi ihn getroffen hatte, einfach zu sehr.

Und dann war da noch ein kleiner, aber ziemlich dickköpfiger und sehr neugieriger Teil von Lenni, der sich nicht einfach von den Spielzeugen verjagen lassen wollte. Herr Wunder hatte ihn gebeten, auf den Laden aufzupassen, und das würde er auch tun.

»He, Leute!«, rief er. »Wir müssen reden. Ich stehe

jetzt auf. Bitte keine Flummi-Geschosse mehr! Ich tue euch nichts, und ihr tut mir nichts!«

Insgeheim konnte Lenni kaum glauben, dass er ganz ernsthaft mit Spielzeugen redete, aber er tat es trotzdem. Er holte tief Luft, stand auf und machte sich auf eine weitere Flummi-Attacke gefasst.

Doch die kam nicht.

»Der Eindringling hat gut gesprochen«, sagte eine tiefe Stimme, die aus dem Indianercamp zu kommen schien. »Wir hören ihm zu.«

Stille umfing Lenni, aber dieses kribbelnde Gefühl von Abenteuer spürte er immer noch. Sehen konnte er nichts Besonderes, nur haufenweise Spielzeuge in den Regalen.

»Eindringling?«, fragte er verwirrt. »Ich bin kein Eindringling! Ich will doch nur auf den Laden aufpassen. Und auf euch anscheinend auch. Ich hatte ja keine Ahnung, dass ihr so … echt seid.«

Lenni hatte das Gefühl, dass unzählige Augen aus allen Ecken des Ladens ihn bedrohlich anstarrten. Die Roboter auf dem Mars rollten näher und hoben ihre Metallarme, als wollten sie gleich wieder angreifen.

»Das ist das Problem des Eindringlings: Er hat keine Ahnung von uns und dem, was wir brauchen«, fuhr die tiefe Stimme fort. Lenni sah, dass ein Indianerhäuptling

mit Federschmuck aus einem Tipi hervortrat. Ein wolfsartiger Hund wich nicht von seiner Seite.

Die beiden Spielfiguren sahen täuschend echt aus. Das faltige Gesicht des Indianers war ernst, und seine dunklen Augen brannten, als er weiter zu Lenni sprach: »Ich bin Häuptling Spielt-mit-seinem-Hund. Warum hat sich der Eindringling bei uns eingeschlichen? Was hat er mit dem Wundermann gemacht?«

»Welcher Wundermann?« Lennis Gedanken rasten. »Ach so, Herrn Wunder meinst du? Ich habe gar nichts mit Herrn Wunder gemacht. Er hat mir selbst gesagt, dass ich auf euch aufpassen soll! Also, eigentlich nur auf den Laden … Er hat mir sogar den Schlüssel gegeben.« Wie zum Beweis hielt er den goldenen Ladenschlüssel in die Höhe.

Ein Wispern und Raunen fegte durch den Laden wie ein Windstoß durch die Prärie. Häuptling Spielt-mit-seinem-Hund starrte den Schlüssel überrascht an.

»Also, *ich* glaube ihm!«, rief eine Stimme, die Lenni seltsam bekannt vorkam, obwohl er sie noch nie gehört hatte. Lenni sah sich erstaunt um. Es war das dicke Buch, in dem er so gerne las. Der dunkelblaue Wälzer stand auf dem Ladentisch und plusterte wichtigtuerisch seine Seiten auf. »Ich besitze immerhin alles Wissen der Welt! Und ich sage: Der junge Herr lügt nicht. Er ist von Herrn Wunder bestimmt, für uns zu sorgen.«

Eine Weile redeten die Spielzeuge alle durcheinander. Dann jaulte der Hund des Indianerhäuptlings, und Spielt-mit-seinem-Hund sagte: »Wir werden über dein Schicksal beraten, Eindringling. Komm morgen Nacht wieder, wenn du den Mut dazu hast. Ich habe gesprochen.«

Plötzlich war ein Flugzeug da, sauste Lenni um den Kopf und trieb ihn Richtung Hintertür.

»Ich sage die Wahrheit, wirklich!«, rief Lenni noch, bevor das Flugzeug ihn nach draußen schubste. Die Tür fiel zu. Lenni stand im dunklen Hausflur, und in seinem Kopf drehte sich alles.

Den nächsten Tag erlebte Lenni wie in Watte gepackt. Merle sprach ihn in der Schule an und fragte nach seiner Arbeit im Spielzeugladen, aber er wimmelte sie ab. Mit Max und den anderen ging er am Nachmittag biken, aber eigentlich stand er mit seinem Rad nur am Rand der Halfpipe und hing seinen Gedanken nach.

»Bist du krank, Lenni?«, fragte seine Mutter am Abend und legte ihm die Hand auf die Stirn. »Kein Fieber, nein … Ist dir schlecht? Tut dir etwas weh?«

Lenni schüttelte nur den Kopf. Sagen konnte er nichts, aber er ließ sich gern von seiner Mutter eine heiße Milch mit Honig machen, eine Geschichte vorlesen und früh ins Bett stecken. Vielleicht war er ja wirklich krank, überlegte er. Wahrscheinlich verrückt geworden, immerhin glaubte er, letzte Nacht mit einem Laden voller Spielzeuge gesprochen zu haben! Doch Lenni wusste ganz genau, dass er sich das alles nicht eingebildet hatte. Dagegen sprachen die kleinen blauen Flecken an seinem Nacken und Rücken – und das kribbelige Gefühl, das er in den letzten Tagen im Laden schon öfter gespürt hatte.

Genau das nahm Lenni auch wahr, als er spät an diesem Abend aus seinem Bett schlüpfte und in den dunklen Spielzeugladen schlich.

»Hallo?« Er steckte sicherheitshalber nur den Kopf durch den Türspalt. »Ich bin es, Lenni, der Junge mit dem Schlüssel. Darf ich reinkommen?« Er wartete. Und wartete. »Spielt-mit-seinem-Hund?«, fragte er schließlich. »Was habt ihr entschieden?«

Da ging die Lampe mit dem vom Pfeil getroffenen Herzen an und beleuchtete das Indianercamp. Häuptling Spielt-mit-seinem-Hund stand vor seinem Tipi und rauchte eine lange, federgeschmückte Pfeife. Sein Hund lag neben ihm und fixierte Lenni mit seinem Blick.

»Der Eindringling ist zurückgekehrt!«, rief der Indianer durch den Laden. »Und unser Urteil ist gefällt!« Der Indianerhäuptling holte tief Luft. Plötzlich vernahm Lenni ein Rattern, und ein Haufen Flummis sprang aus der Bunten Ecke auf den Fußboden. Lenni schrak zusammen, aber die Gummibälle griffen nicht an. Stattdessen hüpften sie derartig rhythmisch auf und ab, dass sie einen richtigen Trommelwirbel erklingen ließen.

Lenni konnte sich nicht helfen. Er öffnete die Tür zum Spielzeugladen weit und lief hinein. Vor den Flummis blieb er stehen, nickte mit dem Kopf im Takt und begann zu schnipsen. »Klasse Rhythmus!«, rief er begeistert.

Häuptling Spielt-mit-seinem-Hund räusperte sich. Die Flummis blieben still liegen, und Lenni drehte sich um. »Unser Urteil lautet …«, fuhr der Indianer fort, und sein Federschmuck wackelte auf seinem Kopf, während er sich im ganzen Laden umsah. »Wir glauben dir, Lenni, Der-mit-den-Flummis-tanzt. Du darfst für uns Spielzeuge da sein. Zumindest bis der Wundermann wieder da ist.«

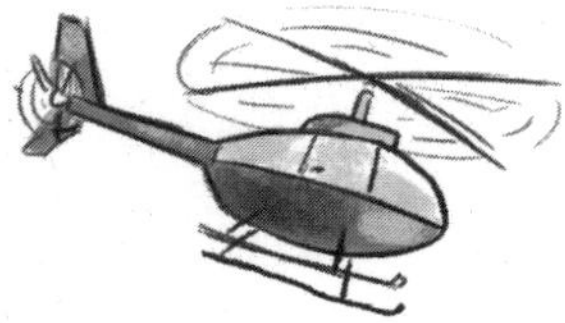

Lenni spürte, wie sich ein Grinsen auf seinem Gesicht ausbreitete. Er sah sich um. Einen Moment herrschte Stille. Und dann wurden alle Spielzeuge in Waldo Wunders fantastischem Laden auf einmal lebendig. Die Flummis schlugen einen neuen Beat auf den Fußboden, und Lenni wippte im Takt dazu, während er sich atemlos umsah. Roboter fingen an zu laufen, und die Feenkinder unterhielten sich aufgeregt. Ein Elf auf einem Pferd galoppierte so schnell durch das Regal, dass er fast abstürzte. Die Eisenbahn rollte ratternd über die Schienen auf dem Fußboden, und ein Hubschrauber knatterte um Lennis Kopf. Karten mischten sich, und bei einem Polizeiauto gingen Blaulicht und Sirene an. Lampen schalteten sich ein und ließen die Leuchtsterne schimmern. Die alten Puppen im Kaiserpalast setzten sich zu Tee und Kuchen an den Tisch. Glibberknete

schleimte über den Fußboden, Bastelsets setzten sich zusammen und lösten sich wieder auseinander, und in der Puppenstube entdeckte Lenni ein Sorgenfresser-Monster, das den Mund aufriss und unsichtbare Sorgen verschlang. Bücher rutschten aus der Bibliothek, blätterten sich auf und lasen sich gegenseitig vor. Auch der dunkelblaue Wälzer schlug vor Lennis Augen seinen Einband auf.

»Na, junger Herr?«, sagte er. »Du kannst mir danken! Ohne mich hättest du die Roboter niemals auf deine Seite gebracht. Sie hätten dich am liebsten auf den Mond verbannt!«

»Danke«, sagte Lenni. »Ich bin gerade ein bisschen … also, ich … lebendige Spielzeuge, echt? Das gibt's doch gar nicht!«

»Darauf hat dich kein Wissen der Welt vorbereitet, was?«, fragte das Buch vergnügt. Es stellte sich auf dem Ladentisch in Positur und drückte stolz den Rücken durch. »Aber dafür hast du ja nun mich. Ich besitze alles Wissen der Welt speziell für junge Herren und solche, die es werden wollen. Womit fangen wir an?«

Lenni versuchte, das alles zu verdauen. »Was haben die Roboter denn gegen mich?«, nannte er die erste Frage, die ihm durch den Kopf schoss. Er hatte doch in den letzten Tagen so oft mit Roboman gespielt! Doch der Roboter wackelte jetzt nur mit seiner Antenne und rief: »Dich gibt es gar nicht, Eindringling!« Seine Stimme schepperte entrüstet.

Völlig überwältigt ließ Lenni sich auf den Elefantenhocker sinken. Er stützte die Ellenbogen auf den Ladentisch und vergrub das Gesicht in den Händen. »Na prima!«, murmelte er. »Die Spielzeuge sind lebendig, aber *mich* gibt es nicht.«

Kapitel 7

Lenni hob den Kopf erst, als das Buch dezent hüstelte. »Du musst das verstehen«, sagte es und deutete zum Mars, wo die Roboter und Raumschiffe wild durcheinanderfuhren, flogen, blinkten und ratterten. »Die Marsianer sind Forscher. Sie erkunden die ganze Galaxis, jede Nacht! Aber in Wirklichkeit erforschen sie nur den Spielzeugladen. Sie haben keine Ahnung, dass es da draußen noch ein endloses Universum gibt. Sag es ihnen bloß nicht, sie wären so enttäuscht! Jedenfalls: Weil du erst vor Kurzem zum ersten Mal hier nachts aufgetaucht bist, es aber ihrer Meinung nichts weiter als den Spielzeugladen gibt, junger Herr, kann es dich also gar nicht geben.«

Lenni verstand. Oder auch nicht. Seine Gedanken kreisten. »Das glaubt mir doch kein Mensch«, stöhnte er.

Plötzlich richtete das Buch sich auf. »Das ist auch besser so! Du darfst niemandem von uns erzählen. Niemals! Versprich mir das, junger Herr.«

»Warum?«, fragte Lenni, aber das Buch antwortete nicht. Egal, Lenni hatte auch so genug Fragen. »Okay, ich verspreche es. Was haben die anderen Spielzeuge gegen mich?«

Das dicke Buch deutete auf die Indianer. Mit einem lauten »Jiiiie-haaa!« preschten drei junge Indianer auf Pferden durch das Regal. Lenni fiel auf, dass die Prinzessinnen aus dem Schlossgarten ihnen glühende Blicke zuwarfen.

»Die Indianer sind ziemliche Draufgänger und lieben nichts mehr als Pferderennen«, erzählte das Buch. »Die Prinzessinnen aus dem Schlossgarten wollen mitmachen und klauen ab und zu den Elfen ihre Pferde und treten gegen die Indianer an. Nun haben die Mädels natürlich Angst, dass du das verbietest. Dann können sie die Pferderennmeisterschaft vergessen.«

»So ein Quatsch!« Lenni schüttelte verwirrt den Kopf. »Wie können Spielzeuge überhaupt Angst und andere Gefühle haben? Das geht doch gar nicht.«

»Habe *ich* das ganze Wissen der Welt auf meinen Seiten oder du, junger Herr?« schnappte das Buch und schloss beleidigt die Buchdeckel.

Lenni wartete, aber es schmollte weiterhin. »Okay, ist ja gut, du besitzt das Weltwissen und kennst dich super mit dem Spielzeugladen aus. Zufrieden?«, fragte er.

Das Buch schüttelte seine Seiten, dass es raschelte. »Zufrieden, junger Herr«, sagte es würdevoll.

»Und nenn mich nicht immer *junger Herr*«, fiel Lenni ein, bevor es weitersprechen konnte. »Ich bin Lenni, und du?«

Das Buch plusterte sich auf. »Kannst du nicht lesen? Ich bin *Alles Wissen der Welt speziell für junge Herren und solche, die es werden wollen*.«

»Ja, aber, hast du keinen richtigen Namen, *Alles Wissen der Welt* und so weiter?«

Das Buch schwieg. Offenbar war diese Frage unter seiner Würde.

»Okay, anscheinend nicht«, sagte Lenni. »Aber mir wird schon etwas einfallen. Was ist denn da los?« Ihm war plötzlich etwas aufgefallen. Im ganzen Laden waren die Spielzeuge am Lachen und Spielen, nur ein Set Spielkarten lag reglos in der Bunten Ecke.

Der Kartenstapel wackelte, und die oberste Karte deckte sich auf. Weiter geschah nichts. Lenni stand auf und trat näher.

»Hallo«, sagte er. »Alles klar bei euch?«

Plötzlich fuhren die Karten in die Luft und misch-

ten sich wie von Zauberhand selbst durch. Sie zischten und wirbelten durcheinander, kamen Lennis Kopf immer näher, und er scheuchte sie automatisch fort wie einen Schwarm Fliegen. Da fielen die Karten zu Boden und blieben reglos liegen.

»Ups, habe ich etwas falsch gemacht?« Lenni sammelte die Karten ein. Kaum hatte er sie auf den Ladentisch gelegt, mischten sie sich erneut und verteilten sich an zwei Spieler. Dann blieben sie still liegen. »Was ist denn mit denen?«, fragte Lenni das dicke Buch verwirrt.

»Die Karten sehnen sich danach, gespielt zu werden«, erklärte das Buch. »Das ist auch einer der Gründe, warum manche Spielzeuge im Laden dir zunächst nicht wohlgesonnen waren. Du hast uns in den letzten Tagen sträflich vernachlässigt. Wir sind Spielzeuge. Wir wollen *gespielt* werden!«

»Hab ich doch gemacht«, wandte Lenni ein.

»Aber du hast nicht mit allen gespielt, junger … Lenni. Und niemals, während wir lebendig waren. Vielleicht kannst du ja einspringen?« Und es deutete auf die Spielkarten, die sich gespannt aufrichteten.

»Was? Ich soll Karten spielen?«, fragte Lenni. »Aber ich bin doch alleine, sag ihnen das!«

Das Buch schwieg, und nach einer langen Pause klickerte es bei Lenni.

»Äh, liebe Spielkarten, hallo?«, sagte er. »Ich würde ja gern mit euch spielen, aber allein geht das nicht. Vielleicht, wenn Herr Wunder wieder da ist, ja?«

Die Spielkarten plumpsten traurig auf den Tisch, und Lenni bekam ein ganz schlechtes Gewissen.

»Also, dickes Buch«, begann er. »Kannst du mir noch mehr über den Laden erzählen?«

»Ich bin nicht dick, ich enthalte viel Wissen«, protestierte das Buch und presste seine Seiten zusammen.

Lenni kicherte. Ein Buch mit Gewichtsproblemen? Das hätte er nicht gedacht. »Extrem viel Wissen. Fast alles der Welt, glaube ich«, schmeichelte er dem Buch. Er wollte sich gern weiter mit ihm unterhalten, doch die wunderbaren Spielzeuge im Laden lenkten ihn ab. Vor dem Schaufenster tobten eine Lupe und ein Fernglas herum, als würden sie sich um die beste Aussicht zum Mond streiten. Und die Uhr über dem Ladentisch öffnete plötzlich eine kleine Klappe unterhalb der Zeiger, die verdächtig wie ein Mund aussah, blinzelte mit der Zwei und der Zehn und verkündete laut: »Es ist zwanzig vor eins!«

Lenni schüttelte sich überrascht. Sowohl seine Armbanduhr als auch die Wanduhr selbst zeigten kurz nach elf an.

»Das ist bloß Uhroma Helma«, erklärte das Buch, und Lenni sah die Uhr staunend an. Eine Uhroma … also, Uroma, die Uhr? Unglaublich!

»Sie ist schon alt und ein bisschen vergesslich«, fuhr das Buch fort. »Nun habe ich dir aber genug erzählt, junger Lenni. Du bist dran: Was tust du hier? Wo ist Waldo Wunder?«

Lenni erzählte. Alle paar Sätze kniff er sich, aber er wachte nicht auf. Er saß wirklich inmitten lebendiger Spielzeuge in Waldo Wunders Laden und unterhielt sich mit einem sprechenden Buch.

»Mmh, mmh, mmh«, machte das Buch, als Lenni fertig war. »Das ist nicht gut. Das ist ganz und gar nicht gut.«

»Was ist nicht gut?«, fragte Lenni.

»Dass Herr Wunder nicht da ist, natürlich! Wir brauchen unseren Spielzeugmacher! Du hast ja schon gesehen, dass die Spielkarten ziemlich niedergeschlagen sind. Sie wollen endlich gemischt, verteilt und ausgelegt werden. Viele andere Spielzeuge warten nur darauf, verkauft zu werden. Sie wollen einzig wahre Spielzeuge sein. Und es gibt noch mehr Probleme hier im Laden.«

»Welche denn? Vielleicht kann ich ja helfen.«

»Mercurius!«, rief das Buch und klatschte laut mit den Buchdeckeln. Gleich darauf trottete ein Elfenkrieger herbei, der ein hübsches weißes Pferd am Zügel führte. Das Pferd lahmte, und der Elf sah mit traurigen Augen zu Lenni auf. Er sagte etwas, aber Lennart konnte ihn nicht verstehen.

»Heb ihn hoch«, raunte das Buch.

Lenni bückte sich und nahm die Spielfiguren sanft in seine Hände. Sie fühlten sich zwar kalt an, aber kein bisschen leblos. Der Elf stromerte nervös auf Lennis Handfläche auf und ab, und das Pferd schnaubte traurig.

Lenni stellte die beiden neben dem Buch auf dem Ladentisch ab. »Hallo«, sagte er. »Ich bin Lenni. Kann ich euch irgendwie helfen?«

»Guten Abend, Spielzeugmacher«, sagte der Elf. »Ich komme mit trauriger Kunde zu euch. Mein edles Ross, der starke und stolze König der Wälder, mein Mondenpferd, ist verletzt. Wenn du ihm helfen kannst, werden dir die Elfen des Silberwalds zu ewigem Dank verpflichtet sein.«

»Äh, klar«, sagte Lenni. Verwirrt blickte er zu dem dicken Buch hinüber, das näher an Lenni heranrutschte.

»Die Elfen und Feen sind nicht so ganz von dieser

Welt«, flüsterte es. »Immerzu reden sie von den Kräften der Natur und den uralten Ahnen der Waldwesen und was-weiß-ich-nicht-alles. Alle ein wenig gaga!« Das Buch schüttelte sich, und Lenni war sicher, es hätte die Augen verdreht, wenn es welche hätte. Er musste grinsen, auch wenn sein Kopf sich drehte wie nach einer wilden Fahrradtour.

»Ewiger Dank muss gar nicht sein«, meinte Lenni freundlich zu dem Elfen. »Was hat dein Pferd denn?«

Das kleine, schwarze Pferd wieherte leidvoll.

»Es hat ein Hufeisen verloren«, erklärte Mercurius.

»Und wo ist das Eisen?«, fragte Lenni.

»Verschollen in den grünen Tiefen der Wälder.«

»Aha«, sagte Lenni. Er fühlte sich etwas hilflos. Ein loses Hufeisen hätte er vielleicht ankleben können, aber wenn es gar nicht da war, konnte er nichts machen. »Herr Wunder kommt sicher bald zurück«, sagte er daher nur. »Der kümmert sich dann darum.«

Der Elf wurde vor Zorn rot in seinem kleinen Gesicht. »Warum ist dieser Jüngling so ahnungslos?«, schrie er das Buch an.

Das Buch sträubte seine Seiten. »Weil er kein Spielzeugmacher, sondern nur eine Aushilfe ist. Ich versuche ja, ihm alles beizubringen, was er braucht. Aber Wunder kann ich in der ersten Nacht auch nicht wirken.«

Plötzlich hüpfte ein Flummi in der Größe eines kleinen Handballs herbei und sprang gegen Lennis Kopf. Der Glitzer in seinem Inneren funkelte aufgeregt.

»Nicht schon wieder! Was soll das?«, fragte Lenni und massierte sich die Stirn.

Das Buch blätterte ein paar Seiten weiter. »Ach, das ist nur Herr Bombalo, unser letzter Glitzerflummi. Er vermisst seine Freunde und will schon seit Langem andere Großflummis hier im Laden begrüßen. Kannst du sie für ihn in der Fabrik bestellen?«

»Entschuldigung, Herr Bombalo«, sagte Lennart höflich zu dem Flummi. »Ich habe leider keine Ahnung von Herrn Wunders Bestellungen.«

Mit kleinen traurigen Hüpfern hopste Herr Bombalo davon.

»Ich kann aber mal in den Kartons in der Werkstatt gucken!«, rief Lenni ihm nach.

»Tu das, junger Lenni«, riet das Buch. »Wenn du dich ordentlich um uns kümmern willst, musst du dich wirklich ein bisschen mehr bemühen.«

»Ich versuche es ja«, rief Lenni. »Aber ich habe doch keine Ahnung! Herr Wunder hat mir bloß den Schlüssel in die Hand gedrückt!«

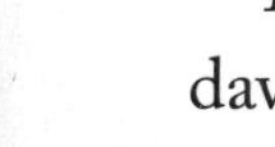

Plötzlich verharrten alle Spielzeuge, und im Laden wurde es still. Entsetzte Blicke trafen Lenni.

»Ich versuche es, okay?«, wiederholte er. »Ich versuche morgen, das Hufeisen zu reparieren und die Riesenflummis zu finden und alles, was ihr sonst wollt, ja?«

Ein Leuchten erfüllte plötzlich die Luft. In der Bastelabteilung hatte sich ein Schmetterlings-Set geöffnet und zusammengebaut. Silbrige Schmetterlingsflügel winkten herüber.

Der Elf auf dem Ladentisch legte Lenni eine winzige Hand auf den Arm. »Wir glauben an dich«, sagte er. »Mögen die Waldgeister mit dir sein.«

Lenni sagte nichts dazu. Er versank einfach im Anblick der lebendigen, redenden, lachenden, spielenden Spielzeuge, und sein Herz wurde warm. Nie, nie, niemals hätte er geglaubt, dass Waldo Wunders fantastischer Spielzeugladen wirklich *so* fantastisch war!

Kapitel 8

Am nächsten Morgen erwachte Lenni mit einem glücklichen Grinsen im Gesicht. Er hatte den fantastischsten Traum aller Zeiten gehabt. Die Spielzeuge in Waldo Wunders Laden waren lebendig geworden. Er hatte sogar mit einigen gesprochen!

Doch während Lenni sich wusch und anzog, dämmerte ihm langsam, dass es kein Traum gewesen war. Er hatte all das wirklich erlebt.

Zum Glück war seine Mutter nach der Nachtschicht schrecklich müde. Gähnend saß sie mit Lenni am Frühstückstisch und stellte keine Fragen. Als er zur Schule ging, verschwand sie sofort in ihrem Schlafzimmer.

Mit dem Rad fuhr Lenni los. Max und Luis warteten wie immer im Park auf ihn, wo die drei noch ein paar Runden um den Teich fuhren, bevor der Unterricht losging. Morgens war hier nichts los und Fahrradfahren erlaubt. Luis baute aus ein paar Ästen eine Rampe, und Lenni sprang als Erster darüber. Er schaffte sogar einen Wheelie über das Hindernis.

»Yeah, cool, Lenni!«, rief Max, und Luis riss begeistert die Arme hoch. Auch Lenni jubelte glücklich. Fahrradfahren und mit den Freunden Zeit verbringen – sein Leben war wieder völlig normal! Bis auf die Kleinigkeit im Erdgeschoss der Pulvergasse 9.

Bald radelten Lenni und seine Freunde zur Schule. Als er vor dem Klassenzimmer seine Hausschuhe anzog, stand plötzlich jemand vor ihm. Lenni schreckte hoch.

»Hi, Lennart! Träumst du?« Es war Merle. Ohne die Hundemeute hätte Lenni sie fast nicht erkannt.

»Heute Nachmittag habe ich Zeit«, sagte sie.

»Aha«, erwiderte Lenni. Er war in Gedanken bei dem Elf und seinem lahmenden Pferd und hatte keine Ahnung, wovon sie sprach.

»Du wolltest mir doch den Spielzeugladen zeigen, in dem du arbeitest!«

»Wollte ich das?«

»Ja«, meinte Merle verschmitzt. »Na, komm schon, Lennart. Um vier? Vorher muss ich noch mit Willibald Gassi gehen.«

Lenni seufzte. Merle durfte auf keinen Fall etwas von den lebendigen Spielzeugen mitbekommen, das hatte er dem dicken Buch versprochen. Außerdem musste er selbst erst mal in Ruhe verdauen, was in der Nacht geschehen war. Ob die Spielzeuge auch am Tag zum Leben erwachen konnten? Aber dann hätte er selbst es ja vielleicht schon einmal miterlebt. Auch wenn es vielleicht keine gute Idee war, sie mit in den Laden zu nehmen, mochte er Merle und konnte ihr den Wunsch nicht abschlagen.

»Na gut«, sagte er schließlich. »Aber nur, wenn du mich ab jetzt Lenni nennst.«

»Geht klar, Lennart.« Merle grinste frech, und Lenni musste lachen.

Nach dem Mittagessen lief Lenni sofort nach unten und schlüpfte durch die Ladentür. Im trüben Dämmerlicht der dunklen Einrichtung war nichts Besonderes zu erkennen. Alle Spielzeuge standen und lagen genau dort, wo sie hingehörten: auf dem Mars und im Elfenwald, in der Werkstatt und im Indianercamp, im Citycenter und in der Puppenstube, im Schlossgarten und im Kaiserpalast. Auch das dunkelblaue Buch steckte wieder zwischen den anderen Bänden in der Bibliothek. Nichts, aber auch gar nichts deutete daraufhin, dass Lenni letzte Nacht wirklich zwischen lebendigen Spielzeugen gesessen hatte.

Lenni nahm das dicke Buch aus dem Regal, legte es auf den Ladentisch und sagte: »Hi. Wie geht's?«

Nichts geschah.

»Bist du sauer auf mich?«, fragte Lenni. »Weil ich so wenig Ahnung vom Spielzeugladen habe?«

Das Buch rührte sich nicht. Plötzlich fiel ein Schatten auf den Ladentisch. Lenni sah auf. Draußen stand eine Familie mit drei kleinen Kindern vor dem Schaufenster. Die Kinder, ein Junge und zwei Mädchen, zeigten auf die Spielzeuge im Laden. Es dauerte eine ganze Weile, bis sie endlich weitergingen.

»Puh«, machte Lenni. »Gut, dass du gerade nicht lebendig warst. Aber jetzt ist die Luft rein. Du kannst also loslegen.« Erwartungsvoll schlug er das Buch auf, doch es rührte sich immer noch nicht.

Enttäuscht wandte Lenni sich ab. Okay, er konnte ja verstehen, dass das Buch am helllichten Tag lieber nicht lebendig werden wollte. Es hatte ihm ja selbst erklärt, dass die Magie des Spielzeugladens geheim bleiben musste! Aber schade war es trotzdem. Er hatte so viele Fragen!

Lenni ging zur Ladentür, schloss auf und blickte die Pulvergasse entlang. Um diese Zeit war nicht viel los.

Die meisten kleinen Geschäfte in der Altstadt machten Mittagspause. Lenni beschloss, einen letzten Versuch zu starten. »Es ist echt nichts los draußen!«, erklärte er den Spielzeugen laut. »Ihr könnt ruhig aufwachen!«

Aber die Spielzeuge rührten sich nicht.

»Na gut, ihr wacht tagsüber nicht auf. Das ist wahrscheinlich auch besser so«, sagte er. Er nahm den Elf und sein Pferd aus dem Regal im Elfenwald und trug sie behutsam in die Werkstatt. Beide fühlten sich steif und kalt an und wirkten wie ganz normale Spielfiguren.

Vorsichtig setzte Lenni die beiden auf die Werkbank und beugte sich zu ihnen hinunter. »Äh, hallo«, flüsterte er. »Ich weiß nicht, ob ihr mich überhaupt hören könnt, wenn ihr gerade nicht wach seid. Aber ich versuche jetzt, das Hufeisen zu reparieren. Okay?«

Der Elf saß stocksteif und reglos auf dem Rücken des Pferdes, das in der Laufbewegung erstarrt war. An seinem erhobenen Vorderhuf fehlte tatsächlich das Hufeisen. Abgeplatzte Farbe und ein paar Plastikfetzen deuteten darauf hin, wo es vorher gesessen hatte.

Lenni sah sich in der Werkstatt um. An den Wänden hingen Feilen, Zangen und andere Werkzeuge. Ein hoher Schrank bestand nur aus winzigen Schublädchen. Lenni begann, sie eine nach der anderen zu öffnen. Er fand Schrauben in allen nur erdenklichen Größen,

Muttern, Holzstifte, Perlen, Drähte, Wachsplättchen, Klebstoffe, Räder und Puppenaugen, Pappen und Papiere und tausend andere Dinge. »Nur kein Hufeisen«, stellte er fest. »Das muss ich wohl selbst basteln.« Noch einmal durchsuchte er alle Schubladen und wählte schließlich einen dicken, biegsamen Draht, eine Zange, einen Hammer und eine Tube Klebstoff. Er schnitt ein Stück Draht ab, bog es rundlich und hämmerte es platt. Der Draht verzog sich völlig und sprang hinter die Werkbank. Lenni versuchte es erneut, doch der Draht zerbrach. Das nächste Drahtstück ließ er länger, damit er es besser festhalten konnte. Leider traf er dieses Mal mit dem Hammer seinen Daumen. Schreiend hüpfte Lenni durch die Werkstatt.

Es rumpelte, als er gegen den Kartonstapel stieß, den er mit Herrn Wunder in der Werkstatt verstaut hatte. »Die Spielzeuglieferung«, sagte Lenni zu sich selbst. »Ob da Flummifreunde für Herrn Bombalo drin sind? Das mit dem Hufeisen schaffe ich einfach nicht. Sorry, Mercurius.«

Er nickte dem Elfen entschuldigend zu und wandte sich in Richtung der Kartons. Im ersten fand er Spielzeugautos, im zweiten mehrere Roboterbastelsets. Er öffnete gerade den dritten Karton, da sagte jemand hinter ihm: »Hi! Redest du immer mit deinen Spielsachen?«

Es war Merle. Sie stand in der Werkstatt und grinste Lenni an. Er riss vor Schreck die Arme hoch und traf dabei den wackeligen Kartonturm. Der geriet ins Wanken, und die Pappkartons polterten mit Getöse zu Boden.

»Mist!«, rief Lenni. »Warum schleichst du hier einfach rein?« Genervt blickte er Merle an.

Die zuckte mit den Schultern. »Wir waren verabredet, schon vergessen? Die Tür war offen. Komm, ich helfe dir mit den Kartons.«

Zusammen mit Merle dauerte es gar nicht lang, bis die Päckchen wieder ordentlich in der Werkstatt verstaut waren. »Also«, sagte sie, als sie fertig waren. »Warum redest du mit dem Spielzeug?«

»Ich habe doch nicht mit dem Spielzeug geredet!«

»Klar hast du das. Ich habe es doch gehört, Lennart«, meinte Merle grinsend.

Lenni grinste nun ebenfalls. »Lenni. Und habe ich nicht. Jedenfalls nicht so, wie du denkst.«

»Wie denn dann, Lennart?« Merle guckte fragend.

»Na ja, nicht so, dass das Spielzeug antwortet. Ich habe mehr mit mir selbst gesprochen. Und außerdem heiße ich Lenni!«

Merle fing an zu kichern. »Ist ja gut, Lenni. Zeigst du mir jetzt alles?«

Lenni nahm Mercurius und sein Pferd mit in den Laden. Anscheinend hatte Merle mal wieder einen Hund mitgebracht. Er war klein und gescheckt und wartete brav vor der Ladentür. Merle trat kurz nach draußen und kraulte ihn hinter den Ohren. »Braver Willibald. Ich bin gleich zurück!« Als sie wieder reinkam, blieb sie mitten im Laden stehen und sah sich um. »Elfenwald, Mars, Indianercamp … Das ist ja cool hier!«, sagte sie begeistert. »Ich habe mein Geburtstagsgeld dabei, davon möchte ich mir etwas kaufen.« Sie ging an den Regalen entlang, und Lenni sah ihr aufmerksam zu.

»Du magst Tiere, oder?«, fragte er.

»Klar! Hunde vor allem, aber alle anderen Tiere auch.«

Lenni dachte darüber nach, was er sonst noch über das Mädchen wusste. Sie war lustig und irgendwie frech und nicht ängstlich. »Du magst Abenteuer. Abenteuer mit Tieren. Hab ich recht?«

»Hmm«, machte Merle abwesend. Sie hatte die Schönheitsfarm erreicht und betrachtete die schicken Puppen zum Frisieren und Umziehen.

»Zu viel Schminke«, sagte Lenni. Er sah sich im Laden um. Die Roboter? Zu viel Technik. Die Bastelsets? Zu wenig Abenteuer. Welches Spielzeug könnte zu Merle passen? Doch nicht etwa …

Merle trat zum Ladentisch. »Hallo, wer ist denn das?«, fragte sie und nahm den Elf Mercurius in die Hand. »Der sieht ja cool aus! Mutig und stark. Gehört das Pferd dazu?«

Lenni nickte. Er warf einen prüfenden Blick zu dem dicken blauen Buch, aber das hielt weiterhin ganz still.

Merle setzte Mercurius auf sein Pferd, dann drehte und wendete sie die beiden Figuren und betrachtete sie von allen Seiten. Mercurius hatte seinen stolzesten Gesichtsausdruck aufgesetzt, und das weiße Pferd den Kopf hoch erhoben.

Lenni runzelte die Stirn. Genau das gleiche Spielzeug hätte auch er für Merle ausgesucht: Mercurius war genauso tierlieb wie sie, schließlich kümmerte er sich super um sein Pferd, und er redete zwar geschwollen, sagte aber durchaus, was er wollte. War das Zufall? Er blickte rasch zu dem dicken Buch, aber natürlich konnte das ihm jetzt auch nicht helfen.

»Was kosten die?«, fragte Merle und hielt Lenni den Elfenkrieger und sein Pferd hin.

»Lenni trat zum Elfenwald und suchte am Regal, bis er ein Preisschild entdeckte. »19,95 Euro«, sagte er. »Hast du so viel?«

»Klar!« Merle holte ein paar Scheine und Münzen aus der Hosentasche und drückte sie Lenni in die Hand. »Solltest du das jetzt nicht in die Kasse tun oder so?«

Unsicher blickte Lenni die altmodische Kasse an. Er hatte keine Ahnung, wie das Teil funktionierte. Bestimmt wüsste das dicke Buch Rat, aber es lag reglos auf dem Ladentisch.

»Das Buch ist echt spannend, oder?«, fragte Merle.

»Wieso?«

»Na, weil du dauernd hinguckst! Was ist das für ein Buch?«

»Nicht so wichtig.« Lenni klappte das Buch zu und schob es zusammen mit dem Geld von Merle in ein offenes Fach unter dem Ladentisch. »Wollen wir etwas spielen?«, fragte Lenni schnell. »Wir haben immerhin einen ganzen Laden voller Spielzeug!«

Merles Augen leuchteten. »Na klar, voll gerne«, sagte sie. »Am besten mit allen Spielsachen auf einmal!«

Kapitel 9

Merle konnte leider nicht sehr lange im Spielzeugladen bleiben, weil sie Willibald ins Tierheim zurückbringen musste. Lenni entschied sich, noch zu Max und Luis in den Skatepark zu düsen. Gegen zehn Uhr am Abend betrat er erneut den Spielzeugladen. Halb hatte er erwartet, dass die Spielzeuge leblos in den Regalen liegen würden und er alles nur geträumt hatte. Aber das hatte er nicht! Es herrschte zwar nicht so viel Trubel wie in der vorigen Nacht, doch Lenni vernahm ein ungleichmäßiges Klopfen, das ihn an ein Schlagzeug erinnerte. Auf dem Fußboden vor der Bunten Ecke sprangen die Flummis rhythmisch auf und ab.

Unwillkürlich riss er die Arme vors Gesicht. »Was habe ich denn jetzt schon wieder getan?«, fragte er. Aber kein Flummischlag traf ihn. Stattdessen machte jemand neben ihm: »Pssst!« Es war einer der Polizisten aus dem Citycenter. Alle Ordnungshüter hatten ihre Mützen abgesetzt und sich mit hinter dem Kopf verschränkten Armen im Regal ausgestreckt. Andächtig lauschten sie … ja, was eigentlich? Dem Flummi-Schlagzeug? Sollte das Musik sein?

Während Lenni noch grübelte, kamen plötzlich noch andere Klänge dazu: die perlenden Töne eines Klaviers aus der Puppenstube, die sehnsuchtsvollen Noten der Trompete einer Puppe, die Frack und Zylinder trug. Und dann trat eine der Feen aus dem Elfenwald nach vorne und fing an zu singen.

Lenni ließ sich auf den Elefantenhocker sinken. (Der Hocker trötete laut, passend zur Musik.) Erst nickte er nur im Takt der Musik, dann begann er locker zu wippen und zu summen. Am liebsten wollte er aufspringen und fröhlich tanzen.

So ging es wohl auch den Spielzeugen im Laden, denn irgendwann waren alle auf den Beinen, Rädern und Buchdeckeln. Ein Kuschel-Zebra sprang Lenni in die Arme.

»Hi, ich bin Zara. Wollen wir tanzen?«, raunte es.

Unbeholfen bewegte Lenni sich mit dem Zebra zur Musik. Es war eine sehr langsame Melodie. Zaras Mähne kitzelte ihn am Kinn, so eng schmiegte sich das Plüschzebra an ihn. Lenni war ein bisschen froh, als die Musik verklang und Zara ihn losließ. Sie galoppierte zu den anderen Kuscheltieren zurück, wo die Ponys, Teddys und Hasen sofort mit ihr flüsterten.

In die plötzliche Stille verkündete Uhroma Helma: »Es ist fünf vor halb drei!«, obwohl ihre Zeiger auf halb elf zeigten. Da fingen alle an zu lachen, zu surren, zu reden und zu rollen.

»Was war das denn?«, fragte Lenni das dicke Buch, das auf dem Ladentisch immer noch vor sich hin schunkelte.

»Die Spielzeugladen-Bigband«, erklärte es. »Sie probt jede Woche einmal, aber man weiß vorher nie, wann genau.«

»Wow!« Lenni sah sich staunend um. »Dieser Laden ist wirklich der Hammer! Und ich weiß noch so wenig darüber.« Er dachte kurz nach. »Bei dem Stichwort Wissen fällt mir etwas ein, Dickie. Ich brauche deine Hilfe.«

Einen Moment geschah nichts. Dann kräuselte das Buch seine Seiten und sagte empört: »Dickie? Soll das ein Name sein?«

Lenni musste grinsen. »In England ist das ein ganz normaler Spitzname, das weiß ich aus der Schule«, erklärte er. »Aber jetzt brauche ich dein Wissen. Ich wollte doch heute Nachmittag das Hufeisen von Mercurius' Pferd reparieren. Aber ich konnte es nicht. Nun habe ich die beiden an Merle verkauft. Ich würde ihr aber trotzdem gern sagen, wie man das Hufeisen erneuern kann. Weißt du das vielleicht?«

Die Seiten des Buches gerieten in Bewegung, sie blätterten sich hierhin und dorthin und blieben schließlich auf Seite 348 geöffnet. *Schmiedekunst für Anfänger*, las Lenni. »Hammer, Amboss, Kohlenfeuer … Dein Ernst?«

»So schmiedet man ein Hufeisen«, meinte das Buch nur. »Es steht alles auf meinen Seiten.«

»Aber ich kann doch hier kein Feuer machen, Dickie!«

»Püh«, machte das Buch beleidigt und klappte sich zu. »Du bist aber nun mal für Spielzeugreparaturen zuständig! Herr Wunder hält jede Woche eine Sprechstunde in der Werkstatt ab. Und er kittet wirklich jeden noch so kleinen Riss.«

Lenni überlegte eine Weile. Dann stand er auf und klatschte in die Hände. Im Spielzeugladen wurde es still. »Ihr wisst ja, dass ich Herrn Wunder hier vertrete«, sagte er laut. »Also mache ich auch eine Sprechstunde, so wie er. Wer Probleme hat, kann einfach zu mir kommen. Okay?« Lenni sah sich erwartungsvoll im Spielzeugladen um. Im Kaiserpalast wurden plötzlich Stimmen laut, und dann kamen auch schon seine ersten Problemfälle angelaufen.

Ein paar Stunden später nahm Lenni völlig erschöpft auf dem Elefantenhocker Platz. Er hatte einen Streit zwischen zwei Puppen geschlichtet, die blockierten Räder eines Spielzeugautos gelöst, das Blechmännchen an seinen Platz im Regal zurückgestellt und war mit einem selbstfahrenden Skateboard kreuz und quer durch den Laden gedüst – und all das unter den besserwisserischen Kommentaren von Dickie, dem dunkelblauen Buch. Nur eins hatte er nicht geschafft: Herrn Bombalo, einige Puppen, ein paar Kuscheltiere und zwei Puzzles zu beruhigen, die unbedingt verkauft werden wollten. Wie auch? Schließlich konnte Lenni den Laden nicht den ganzen Tag öffnen und so tun, als sei er Verkäufer! Die Spielzeuge mussten wohl oder übel im Laden bleiben, und das gefiel einigen gar nicht. Sie wollten etwas von der Welt sehen und endlich zu einzig wahren Spielzeugen werden. Lenni hörte sie immer noch unzufrieden miteinander tuscheln.

»Ich hätte nie gedacht, dass ein Spielzeugladen so viel Arbeit macht«, meinte Lenni. »Wie Herr Wunder das nur alles schafft? Er ist schließlich nicht mehr der Jüngste. Und wann kommt er zurück? Weißt du das, Dickie?«

Das dicke, dunkelblaue Buch schüttelte sich und sagte: »Ich möchte Sir Richard genannt werden.«

»Wie bitte?«

»Sir Richard!« Es raschelte mit den Seiten. »Ich habe es nachgelesen, während du im Laden beschäftigt warst. Dickie, dein unmöglicher Spitzname, ist die Kurzform vom englischen Richard. Und edel bin ich sowieso, also bitte *Sir* Richard.«

»Okay, Sir Richard«, sagte Lenni und verkniff sich ein Grinsen. »Danke übrigens, dass du mir die ganze Zeit hilfst.«

»Gern geschehen. Selbst Herr Wunder hat manchmal eine Frage, die ich ihm mit meinem Wissen beantworten kann.«

»Echt?« Je mehr Lenni darüber nachdachte, umso seltsamer fand er den Ladenbesitzer. Warum hatte Herr

Wunder ihn nicht gewarnt, was ihn hier erwarten würde? Warum hatte er ihm keinerlei Tipps gegeben? Das Einzige, was er gesagt hatte, war: Öffne niemals die dritte Schublade von rechts.

Lenni sah am Ladentisch hinunter und zählte die Schubladen. Was war das denn für ein Ratschlag? Der half ja wohl gar nicht! Ganz im Gegenteil: Er machte Lenni brennend neugierig.

Die halbe Nacht hielt der Spielzeugladen Lenni wach, entsprechend müde war er am nächsten Tag in der Schule. Doch schon am Nachmittag passierte etwas, was ihn putzmunter machte: Merle klopfte an die Ladentür. Einen Hund hatte sie diesmal nicht dabei, dafür aber ihre Umhängetasche und ein sehr aufgeregtes Gesicht.

»Bist du allein, Lenni?«, fragte sie und sah sich geheimnistuerisch um. »Kann uns jemand belauschen? Wo ist dieser Herr Wunder, dem der Laden gehört?«

»Äh«, machte Lenni, wie so oft, wenn er Merle nicht ganz verstand. Aber wenn sie sogar vergaß, ihn Lennart zu nennen, musste es ernst sein. Also wartete er.

Merle holte den Elfenkrieger und das Pferd aus ihrer Tasche und platzierte beide auf dem Ladentisch. Lenni sah sofort, dass am Vorderhuf des Schimmels ein neues Hufeisen klebte.

»Wie hast du das denn geschafft?«, fragte er verblüfft.

»Das Hufeisen? Gebastelt. Das war doch nicht schwer, aber deswegen bin ich nicht hier.« Merle sah sich noch einmal um, dann sagte sie mit leiser Stimme. »Das hört sich jetzt vielleicht total verrückt an, aber mein Elf und das Pferd sind heute Nacht lebendig geworden. Er sagt, er heißt Mercurius, und er würde gerne mit mir und seinem Mondenpferd zu den Sternen reiten!« Merle begann zu kichern. »Das kann doch nicht wahr sein, oder?«

Lenni versuchte, sich seine Überraschung nicht anmerken zu lassen. Die Spielzeuge wurden auch bei anderen Kindern und bei ihnen zu Hause lebendig? Irgendwie konnte er das nicht glauben. Es wäre ja auch merkwürdig, wenn Felinas Sterne tanzen und singen würden und andere Kinder mit ihren Kuscheltieren reden könnten. Sicher wären die lebendigen Spielzeuge dann schon längst Stars im Internet mit eigenem Videokanal und Fanseite.

Nur – Mercurius' Namen konnte Merle sich nicht eingebildet haben, so viel Zufall gab es nicht.

»Das geht doch wirklich nicht, oder? Also, dass er herumläuft und spricht?«, fragte Merle mit ziemlich hoher Stimme weiter nach.

»Echt jetzt?« Lenni runzelte die Stirn, als würde er

ihr kein Wort glauben. In seinem Kopf arbeitete es. Auch wenn er Merle mochte, konnte Lenni ihr nicht die Wahrheit sagen. Herr Wunder hatte ihm nie das Geheimnis des Spielzeugladens anvertraut. Und Sir Richard hatte Lenni gebeten, alles geheim zu halten. Dieses Versprechen wollte er nicht brechen.

»Lenni?«, hakte Merle nach. »Was ist? Warum sagst du nichts?«

»Was soll ich schon sagen? Dass du geträumt hast? Oder lieber, dass du einen Knall hast?«

Merles Augen füllten sich mit Tränen. »Du bist gemein!«, flüsterte sie, und Lenni hatte sofort ein schlechtes Gewissen.

»Tut mir leid, das war blöd von mir«, sagte er. »Aber hör dir doch mal selbst zu. Dein Spielzeug soll lebendig geworden sein? Das glaubt dir doch kein Mensch!«

»Du denkst also, dass ich geträumt habe? Dass es nicht wahr ist?«

»Was glaubst du denn selber?«, fragte Lenni zurück.

Traurig drehte Merle Mercurius und sein Pferd in den Händen. »Ich bin mitten in der Nacht wach geworden, weil ich etwas Doofes geträumt hatte. Dann konnte ich nicht wieder einschlafen und habe angefangen, mit dem Elf und seinem Pferd zu spielen. Ja, und dann … wurden sie plötzlich lebendig.« Sie machte eine

Pause. »Da muss ich wohl schon wieder eingeschlafen sein. Schade! Ich mochte die beiden.«

Lenni atmete erleichtert auf. Merle schien überzeugt zu sein, und er hatte sie noch nicht mal angelogen! Doch sie sah immer noch traurig aus.

»Wollen wir vielleicht zusammen ein Spiel spielen? Mau-Mau?«, fragte er. Er holte das Kartenset, das sich so nach einem Spiel gesehnt hatte, und mischte es extra ausführlich durch. Er konnte sich richtig vorstellen, wie sich die Karten darüber freuten.

»Okay«, sagte Merle schniefend. »Aber mit allen fiesen Regeln, die es gibt!«

Merle spielte wie der Teufel, und Lenni gewann nur ein einziges Mal – von zwölf Spielen. Er war einfach nicht ganz bei der Sache. Wie konnte es sein, dass Mercurius lebendig geworden war? Lag es vielleicht daran, dass Merle sein Pferd geheilt hatte?

Er beschloss, in dieser Nacht mit Sir Richard darüber zu reden. Aber der war an diesem Abend richtig abgelenkt und gähnte immerzu. Auch ein Monsterkuscheltier und Häuptling Spielt-mit-seinem-Hund beklagten sich in Lennis Sprechstunde darüber, dass sie schrecklich müde waren. Lenni beschloss, den Spielzeugen eine Nacht Bettruhe zu verordnen. Er schickte alle in ihre Regale, knipste das Licht aus und ging selbst früh zu Bett.

KAPITEL 10

»Lennart?«

»Mmh.«

»Hey, Lennart Lindenbaum! Was ist bloß los mit dir?« Lennis Mutter saß ihm ein paar Tage später beim Mittagessen gegenüber und sah ihn neugierig an. »Du warst schon ewig nicht mehr im Skatepark. Du bist schon ganz blass und wirkst müde. Gleichzeitig funkeln deine Augen, als wäre etwas Fantastisches passiert. Also, was ist los?«

Lennart sagte nichts. In seinem Kopf sah er Sir Richard und die Spielzeug-Bigband und die kuschelnden Plüschtiere und die teetrinkenden Puppen in der Puppenstube … Nein, das konnte er seiner Mutter sowieso nicht erklären, selbst wenn es kein Geheimnis wäre!

»Ist es der Spielzeugladen?«, fragte seine Mutter weiter. »Gibt es Probleme? Was machst du da nur jeden Nachmittag?«

»Spielen«, sagte Lenni schlicht.

Lola fing an zu lachen, dann stand sie auf und drückte ihren Sohn an sich. »Ach, Lenni!«, sagte sie. »Und ich dachte schon, ich muss mir Sorgen machen, weil du immerzu allein im Laden hockst. Und du spielst einfach, wie schön! Aber ganz ehrlich, ich finde trotzdem, dass du mal wieder die Jungs aus dem Park treffen solltest. Ein bisschen frische Luft würde dir sicher guttun. Geh doch heute mal wieder in den Skatepark. Na los, Großer!«

Lenni fand selbst, dass seine Mutter irgendwie recht hatte. Also verbrachte er den Nachmittag mit seinem Bike im Skatepark. Er hatte den Wheelie schon fast verlernt, und Max johlte schadenfroh. Er war ein bisschen sauer, weil Lenni sich so lange nicht hatte blicken lassen. Lenni stellte überrascht fest, dass er kein schlechtes Gewissen hatte. Er wollte viel lieber mit Sir Richard darüber sprechen, warum manche Spielzeuge in letzter Zeit so erschöpft wirkten. Denn auch die Polizei, einige Bastelsets und die Glibberknete hatten in den letzten Tagen über Müdigkeit geklagt. Die Indianer waren am letzten Abend erst aufgewacht, als Uhroma

Helma besonders laut die falsche Zeit (»Es ist fünf nach fünf!«) durch den Laden gerufen hatte.

Als Lenni später sein Fahrrad vor der Pulvergasse 9 an den Laternenpfahl kettete, stand ein Junge vor dem Schaufenster, den er schon ein paarmal in der Schule gesehen hatte. Lenni wollte an ihm vorbei in den Laden schlüpfen, doch der Junge sprach ihn an. »Hast du etwa einen Schlüssel für den Laden?« Er ließ eine Kaugummiblase platzen. »Krass! Warum ist er eigentlich nicht geöffnet?«

Lenni sah den Jungen genauer an. Er hatte ein kantiges Gesicht, dunkle Haare und riesige Vorderzähne, die jetzt hinter einer neuen Kaugummiblase verschwanden.

»Der Laden ist nicht auf, weil der Besitzer nicht da ist«, sagte Lenni. »Ich sehe nur ab und zu nach dem Rechten.«

»Kann ich mit reinkommen? Mir ist langweilig.«

Lenni zögerte. Der Junge gefiel ihm nicht sonderlich. Aber Merle hatte er ja auch den Spielzeugladen gezeigt, und es hatte ganz gut geklappt. Und die Spielzeuge hatten ihm oft genug erzählt, wie gern sie gespielt und verkauft werden wollten. War es da nicht seine Pflicht, Kunden in den Laden zu lassen? »Wie heißt du denn?«, fragte er neugierig.

»Nick-Noel«, erwiderte der Junge. »Also, worauf wartest du?«

»Ich bin Lenni. Okay, komm rein.« Lenni schloss die Ladentür auf und trat ein.

Nick-Noel sah sich um. »Ganz schön altmodisch«, meinte er. »Wow, aber coole Roboter! Die passen super in meine Sammlung!« Zielstrebig marschierte er zum Mars, wo er den größten Roboter in die Hand nahm und ihn anschaltete. Dann stellte er ihn auf den Boden, schnappte sich die Fernbedienung und ließ ihn losdüsen. Dass er dabei über die Schienen der Modelleisenbahn donnerte, beachtete er gar nicht. Das Metall quietschte hässlich.

»He, Vorsicht!« Lenni schnappte Nick-Noel die Fernbedienung aus der Hand. Der war ja schlimmer als Felina! »Die Sachen gehören dir nicht, schon vergessen? Du kannst hier nicht einfach alles ausprobieren. Frag mich einfach vorher.«

»Kann ich mal den Roboter fahren lassen, Benni?«, fragte Nick-Noel.

»Ich heiße Lenni. Und nein. Sieh dich einfach nur um.«

Lenni beobachtete argwöhnisch, wie Nick-Noel durch den Laden stromerte. Er zog eine Bärenfigur aus dem Elfenwald und griff Lenni damit spielerisch an. Der achtete aber nur darauf, dass Nick-Noel bei der Aktion mehrere Feenkinder umgeschubst hatte.

Vor den feinen Puppen in der Puppenstube blieb Nick-Noel stehen. Er lachte und sagte zu Lenni: »Die sehen so albern aus, oder, Benni?«

Lenni zuckte mit den Schultern. »Ich finde sie nett«, sagte er nur.

Nick-Noel starrte ihn ungläubig an, pustete eine riesige Kaugummiblase auf und ließ sie an einem handgemalten Wandposter platzen. Dann zog er das Blechmännchen auf, das mit der letzten Lieferung in den Laden gekommen war, und steuerte damit auf Lenni zu. Dabei verbog er das Schwert.

»Vorsicht!«, wiederholte Lenni, nahm die Blechfigur und stellte sie auf den Ladentisch. Er würde sie später in der Werkstatt reparieren müssen.

Immer wieder kehrte Nick-Noel zum Mars zurück, zum Citycenter und zur Eisenbahn auf dem Fußboden. Offenbar mussten Spielzeuge für ihn Blech und Räder besitzen. Die Spielzeuge im Kuschelparadies und in der

Bunten Ecke fand Nick-Noel dagegen besonders uncool. »Wer spielt denn noch mit Flummis?«, fragte er.

Lennis Blick fiel auf Herrn Bombalo. Der Riesenflummi lag ruhig an seinem Platz in der Schüssel mit den vielen kleinen Flummis. Lenni hatte plötzlich eine Idee.

»Der ist voll cool!«, meinte er. Er nahm Herrn Bombalo und zeigte Nick-Noel, wie sich die Glitzerflüssigkeit im Inneren verteilte. »Sieht mega aus, oder? Und er springt so hoch wie ein Hochhaus. Soll ich es dir zeigen?« Lenni hatte das sichere Gefühl, dass Herr Bombalo und Nick-Noel wie füreinander gemacht waren. Kaputt machen konnte der Junge den Gummiball nicht, aber dafür würde der Riesenflummi ihm jede Menge Spaß bringen. Und dass Herr Bombalo ein wenig einsam war, kam Lenni auch entgegen.

Einige Augenblicke lang ließ Nick-Noel seine Blicke zwischen Lenni und dem Riesenflummi hin- und hergleiten. »Ein Flummi, willst du mich verarschen?«, sagte er. »Na ja, ich kann ihn ja mitnehmen, auch egal. Schenkst du ihn mir?«

Lenni schnappte nach Luft. Er konnte Herrn Bombalo doch nicht verschenken, und dann schon gar nicht an so einen wie Nick-Noel, der den Flummi gar nicht gernhatte. Vorsichtig legte Lenni den Riesenflummi in sein Fach zurück. »Sorry, aber das darf ich nicht«, sagte er.

»Ich hab Geld«, sagte Nick-Noel und tätschelte seine Hosentasche. Münzen klimperten. »Aber eigentlich hätte ich lieber einen Roboter als den Flummi.«

»Verkaufen darf ich auch nichts.«

»Dein Ernst?« Nick-Noel sah Lenni jetzt ziemlich böse an. »Das hier ist ein Laden, oder etwa nicht? Warum hast du mich denn dann reingelassen?«

»Weil du es unbedingt wolltest. Und jetzt musst du leider gehen.« Lenni verschränkte die Arme und sagte nichts mehr. Sein Herz wummerte vor Aufregung. Dieser Nick-Noel sollte einfach nur abhauen und die Spielzeuge in Ruhe lassen!

Nick-Noel ging langsam zur Tür. »Wenn der ganze Quatsch hier sowieso nicht zu verkaufen ist, macht es ja auch nichts, wenn ich das hier tue, oder?«, fragte er und hielt an. Neben der Ladentür stand ein Tisch mit Babypuppen. Schneller, als Lenni es für möglich gehalten hätte, schnappte sich Nick-Noel eine Puppe, drehte ihren Kopf nach hinten, verbog ihre Arme und Beine und klebte ein Auge mit seinem Kaugummi zu. Dann legte er die Puppe zurück auf den Tisch. Zwischen all den niedlichen Babypuppen wirkte sie jetzt wie ein Monster im Streichelzoo.

»Spinnst du? Die Puppe bezahlst du!«, rief Lenni aufgebracht.

Nick-Noel grinste nur. »Reg dich ab, Mann, ist doch nichts passiert. Du wirst es doch wohl gerade noch schaffen, das Püppchen richtig hinzubiegen, oder? Schließlich bist du ja ein ganz toller Verkäufer.«

»Und das Kaugummi am Auge?«, fragte Lenni.

»Schenke ich dir. Damit du auch mal was Schönes zum Naschen hast.« Nick-Noel grinste hämisch.

Lenni nahm die Puppe an sich. Schützend strich er ihr über den Kopf. Kein Wunder, dass manche Spielzeuge nicht lebendig werden wollten, wenn solche Kinder auf sie warteten!

»Wehe, du gehst jetzt. Du musst das hier erst wiedergutmachen«, sagte Lenni zu Nick-Noel. Aber der war schon an der Tür.

Kapitel 11

Nick-Noel wollte sich gerade verdrücken, da stand ihm plötzlich jemand im Weg. Es war Merle.

»Oh, nein! Was ist denn mit der los?«, rief sie und blickte mit großen Augen auf die verunstaltete Puppe in Lennis Armen.

»Das war der da«, sagte Lenni. »Und jetzt will er abhauen. Du darfst ihn nicht vorbeilassen.«

Merle verstand, stellte sich vor die Ladentür und verschränkte die Arme.

Nun hatte Nick-Noel keinen Fluchtweg mehr. Merle schloss die Ladentür hinter sich. Das Schild hinter dem Glas wendete sie auf *Geschlossen,* und den goldenen Schlüssel, der innen in der Tür steckte, drehte sie um, bis das Schloss klickte. Merle baute sich breitbeinig vor dem Jungen auf und funkelte ihn böse an.

Lenni musste sich das Grinsen verkneifen. Merle tat so, als wären sie in einem Krimi. Und es wirkte! Nick-Noel wurde zunehmend blasser.

»Was soll das denn werden?«, fragte er. »Wollt ihr mich hier einsperren, oder was?«

Merle sah Lenni an. »Wollen wir?«, fragte sie.

»Keine schlechte Idee«, meinte Lenni und tat so, als würde er ernsthaft darüber nachdenken. »Im Citycenter gibt es Polizei-Sets mit Mützen, Ausweisen und Handschellen. Ich denke, davon könnten wir ein Paar benutzen.«

»Ich hab ein Handy«, sagte Nick-Noel schnell. »Ich hole die Polizei!«

Merle nickte. »Gute Idee. Dann können wir ihnen auch gleich sagen, dass du hier Spielzeuge kaputt machst. Einfach so.«

Nick-Noel antwortete nicht.

»Du hast das Auge der Puppe beschädigt«, sagte Lenni ernst. »Das muss repariert werden, und so etwas kostet Geld. Zahlst du dafür?«

»Geizhals«, murrte Nick-Noel. Er zog einen Fünf-Euro-Schein aus der Hosentasche und warf ihn auf den Ladentisch. Merle wartete noch einen Moment, dann trat sie zur Seite, und Nick-Noel sprintete geradezu zur Tür. Lenni ging rasch hinüber und schloss auf. Doch Nick-Noel war jetzt wieder so selbstsicher wie vorhin. Er holte ein neues Kaugummi hervor und schob es in den Mund. Dann blies er eine riesige Blase auf und ließ sie mitten auf dem O von *Geschlossen* platzen. Endlich verließ er den Laden und verschwand in der Pulvergasse.

»Igitt«, sagte Merle. Mit spitzen Fingern puhlte sie das Kaugummi vom Ladenschild und hielt es Lenni hin. Der schob ihr rasch den Mülleimer von unter dem Ladentisch entgegen und Merle entsorgte den klebrigen Klumpen.

»So ein Fiesling«, sagte sie. »War der gemein zu der Puppe! Ist es schlimm mit ihrem Auge?«

»Ich weiß nicht, das muss ich mir in der Werkstatt angucken. Danke übrigens. Das war echt cool von dir.« Er grinste, und Merle grinste zurück.

»Das mit den Handschellen war aber auch nicht schlecht«, meinte sie. »Hättest du ihn echt gefesselt?«

»Quatsch!«, rief Lenni. »Aber das wusste er ja nicht.« Er lachte, und Merle lachte mit. Lenni fühlte sich vor Erleichterung ein bisschen benebelt und konnte gar nicht aufhören zu kichern. »Warum bist du eigentlich vorbeigekommen? Wolltest du etwas?«, fragte er, als er sich endlich beruhigt hatte.

Merle klopfte auf ihre Umhängetasche. »Ich habe Mercurius und sein Pferd dabei. Heute Nacht …«

»Ja?«, fragte Lenni gespannt. Plötzlich fasste er einen Entschluss: Wenn Merle jetzt sagte, dass der Elfenkrieger wieder lebendig geworden war, würde er ihr die Wahrheit sagen.

»… habe ich nichts an ihm bemerkt«, fuhr Merle fort. »Schade. Es war so cool, als Mercurius mit mir geredet hat! Auch wenn es nur ein Traum war.« Merle sah traurig aus, und auch Lenni war enttäuscht.

»Mach dir nichts draus«, sagte er. »Der Elf ist doch trotzdem ein super Spielzeug, oder? Ich kümmere mich jetzt lieber mal um die Puppe. Wir sehen uns in der Schule!« Er drehte sich weg und ging in die Werkstatt. Die Glocke an der Ladentür klingelte. Im nächsten Augenblick kamen schnelle Schritte näher, und Merle hockte sich auf die Werkbank.

»Ich helfe dir mit der Puppe«, sagte sie. »Was soll ich machen?«

Lenni grinste. Merle ließ sich nicht so leicht abschütteln! Und er war irgendwie auch froh darüber.

»Was möchte der junge Herr denn heute lernen?«, fragte Sir Richard. »Astronomie? Konversation? Zoologie?« Das Buch blätterte rasch zum Inhaltsverzeichnis, und

Lenni spürte den Luftzug der wehenden Seiten im Gesicht.

Es war spät am Abend, und Lenni saß auf dem Elefantenhocker in Waldo Wunders fantastischem Spielzeugladen. Um ihn herum war gerade alles wirklich fantastisch. Drei Puppen führten einen megacoolen Breakdance auf, und ein Blechmännchen mit Trommel spielte einen mitreißenden Rhythmus dazu. Eine ferngesteuerte Drohne flog um Lennis Kopf und knipste Fotos von ihm. Herr Bombalo sprang dazwischen herum und glitzerte im Licht der Herzlampe. Nur die Indianer schliefen noch, und auch in der Puppenstube rührte sich niemand. Die Eisenbahn ratterte heute ziemlich träge über die Schienen.

Sir Richard merkte von alldem anscheinend nichts. »Beginnen wir bei A!«, rief er begeistert. »Astronomie ist die Wissenschaft von den Himmelskörpern, den Sternen und Planeten. Sie ... Uff! ... Also, bitte!«

Lenni hatte das Buch kurzerhand zugeschlagen. Entrüstet schüttelte es sich und klappte den Einband wieder auf. »Junger Lenni!«, sagte es. »Das ist aber nicht die feine englische Art!«

»Ich weiß«, sagte er. »Aber ich wollte eigentlich etwas über den Laden wissen.« Rasch erzählte er, was am Nachmittag mit Nick-Noel geschehen war. »Verstehst du mein Problem?«, fragte er zuletzt. »Ich habe tausend Fragen, aber viel zu wenige Antworten. Haben Merle und ich die Puppe gut repariert? Wie kann ich die Spielzeuge vor Leuten wie Nick-Noel beschützen? Darf ich Merle von euch verraten? Was ist in der dritten Schublade von rechts? Warum schlafen die Indianer und die Puppen noch?«

Das Buch sah zum Indianercamp und zur Puppenstube hinüber. Dann flüsterte es: »Das kann ich mir auch nicht erklären. Es ist in all den Jahren noch nie vorgekommen! Am besten gehst du sie rasch aufwecken, junger Lenni.«

Lenni überlegte kurz. Wie weckte man denn schlafende Spielzeuge auf? Kurzentschlossen kitzelte er Uhroma Helma am großen Zeiger. Die Klappe verzog sich zu einem Grinsen, und sie kniff die Zahlenaugen zu. Dann rief sie dröhnend: »Es ist viertel vor sieben!«

Lenni grinste. »Danke, Helma, das war wirklich nicht zu überhören«, meinte er. Doch ein Blick ins Indianercamp und in die Puppenstube wischte das Lächeln von seinem Gesicht. Häuptling Spielt-mit-seinem-Hund, die anderen Indianer und die ganze Puppenschar saßen steif in den Regalen.

Lenni wandte sich Sir Richard zu. »Es klappt nicht! Und jetzt? Lassen wir sie einfach schlafen?«, fragte er.

»Oh, Mann … Der Spielzeugladen ist toll, aber … Ich bin auch froh, dass Herr Wunder bald zurückkommt.« Lenni seufzte und trennte rasch zwei Bastelscheren, die sich im Streit gegenseitig schneiden wollten.

Am nächsten Tag nach der Schule kontrollierte Lenni wie immer, ob im Spielzeugladen alles in Ordnung war. Der Ladenraum wirkte ganz normal, aber in der Werkstatt stutzte Lenni und ließ seinen Blick über die Werkbank, die Materialkästen und den Kartonstapel schweifen. Es sah doch alles aus wie sonst, oder? Warum wurde er dann das Gefühl nicht los, dass irgendetwas anders war?

Sein Blick wanderte zum Fenster – und er riss die Augen auf. Ja, in der Werkstatt hatte sich wirklich nichts verändert, aber draußen! Vor dem Fenster, das zum schattigen Innenhof wies, stand etwas. Lenni trat näher. Es war eine schwarz-gelbe Postkutsche in der Größe eines Schuhkartons, vor die zwei elegante Pferde gespannt waren. Auf dem Bock saß ein Kutscher in Uniform. Es war offensichtlich ein Spielzeug und völlig reglos, aber Lenni ahnte, dass das heute Nacht noch anders ausgesehen hatte.

»Hallo, wer seid ihr denn?«, fragte Lenni, als er das Fenster geöffnet hatte. Er streichelte die Pferde mit dem

Zeigerfinger und klopfte dem Kutscher auf die Schulter. Dann öffnete er die Wagentür und spähte ins Innere der Kutsche.

Lenni schnappte nach Luft. Auf den abgewetzten Polstern saß eine Spielfigur, und zwar nicht irgendeine Spielfigur. Sie sah aus wie Herr Wunder! Lenni traute seinen Augen kaum, doch es bestand kein Zweifel: Das gleiche weiße Haar, die gleiche dicke Brille. In den Händen hielt er einen Brief. Obwohl er nur so groß war wie sein Daumennagel, konnte Lenni sehen, dass sein eigener Name auf dem Umschlag stand.

Vorsichtig nahm Lenni den Brief an sich, legte ihn auf die Werkbank und zog den Briefbogen mit einer Pinzette aus dem Umschlag. Dann nahm er eine Lupe und begann zu lesen.

Lieber Lennart!

Sicher ist dies Deine erste Spielzeugpost, oder? Keine Sorge, ich bin nicht versehentlich geschrumpft. Mein Spielzeug-Ich in der Kutsche ist wirklich nur das: ein Spielzeug. Kümmere Dich nicht weiter darum. Die Postkutsche wird in der nächsten Nacht wieder abreisen. Wohin, das kann ich Dir nicht sagen.

Ich hoffe, Dir und meinem Spielzeugladen geht es ganz fantastisch. Findest Du es auch nicht zu aufwendig, Dich um ~~die Spielzeuge~~ den Laden zu kümmern? Sind ~~alle lieb und brav~~ manche schon verkauft?

Sicher fragst Du Dich, wann ich nach Hause komme. Tja, leider weiß ich das nicht. Ich hoffe, ich mache ~~Euch~~ Dir keine allzu großen Umstände, aber: Meine Rückkehr wird wohl noch eine ganze Weile auf sich warten lassen.

Meine Reise dient nicht dem Vergnügen, weißt Du. Ich habe eine Mission, die sehr wichtig für ~~die Spielzeuge~~ den Spielzeugladen ist. Ich muss etwas kaufen, aber das gestaltet sich leider schwieriger als gedacht. Viel schwieriger. Ich weiß noch nicht, wann ich zurückkomme. Manchmal frage ich mich sogar, ob ich überhaupt in die Pulvergasse zurückkehren kann!

Bitte entschuldige, lieber Lennart, dass ich Dir mit meinem Laden solche Mühen aufbürde. Aber ich weiß ja, dass Du ein cleverer und hilfsbereiter Junge bist. Meine Spielzeuge sind bei Dir sicher in den allerbesten Händen.

Sei auf der Hut! Und öffne niemals die dritte Schublade von rechts.

Es grüßt Dich herzlichst

Dein Waldo Wunder

Lenni ließ den Brief sinken. Offenbar war er doch weiter ganz allein – allein mit einem Laden voll springlebendiger Spielzeuge! Er war nicht ganz sicher, ob er nun stöhnen oder jubeln sollte.

Kapitel 12

Völlig in Gedanken versunken stieg Lenni die knarzenden Treppenstufen in den zweiten Stock hinauf und öffnete die klemmende Wohnungstür.

»Hi, Lenni, es gibt Pfannkuchen!«, rief seine Mutter aus der Küche.

Lenni antwortete nicht. Er ließ seinen Ranzen fallen und hängte den Fahrradhelm an die Garderobe. Er stand noch im Flur, als seine Mutter aus der Küche kam.

»Lenni? Warum sagst du denn gar nichts? Alles in Ordnung?« Sie gab ihm einen Kuss auf die Stirn. »War etwas in der Schule?«

»Nein, nein.« Lenni holte Luft. Auch wenn seine Mutter nichts von den magischen Spielzeugen wissen durfte, er musste jetzt einfach mit jemandem reden. »Ich habe Post von Herrn Wunder bekommen.«

»Was schreibt er denn? Wie ist sein Urlaub? Geht es ihm gut?« Lola lief in die Küche zurück, und Lenni folgte ihr.

»Er schreibt, dass ich mich weiter um den Laden kümmern soll«, sagte Lenni. »Er weiß noch nicht, wann er zurückkommt.«

»Ach, wie merkwürdig«, meinte seine Mutter und wendete mit Schwung einen Pfannkuchen. »Der alte Herr ist schon ein bisschen kauzig, oder? Ich meine, vielleicht *möchtest* du dich ja gar nicht mehr um den Laden kümmern! Ob er daran gedacht hat?«

»Was? Doch, klar möchte ich! Nur ...« Lenni biss sich auf die Lippen. Von den schlafenden Spielzeugen und der dritten Schublade durfte er seiner Mutter nichts verraten, so gern er auch wollte. Zum Glück war sie in Gedanken schon wieder bei den Pfannkuchen, und Lenni konnte in Ruhe nachdenken. Von einer Mission hatte der Spielzeugmacher gesprochen, die wichtig für den Spielzeugladen war. Was das wohl sein mochte? Und warum war es so schwierig? Was hatte es mit der dritten Schublade von rechts auf sich? Was Lenni jedoch am meisten beschäftigte, war die Tatsache, dass Herr Wunder seine Rückkehr auf unbestimmte Zeit verschoben hatte. Ganz allein mit dem Spielzeugladen fertig zu werden, das kam ihm langsam immer schwieriger vor.

»Der erste Pfannkuchen ist fertig«, sagte seine Mutter und ließ eine Hälfte davon auf Lennis Teller fallen, die andere Hälfte nahm sie selbst. »Geteilte Freude ist doppelte Freude«, meinte sie lächelnd. »Und keine Sorge, du bekommst gleich Nachschub.«

»Danke, Mama«, sagte Lenni. »Du hast total recht! Geteilte Freude ist doppelte Freude.« Er grinste in sich hinein. Endlich wusste er, was er als Nächstes tun würde.

Nach dem Mittagessen nahm Lenni seine Schulsachen mit nach unten, setzte sich an den Ladentisch und machte Hausaufgaben. Dabei ließ er die Ladentür nicht aus den Augen. Das Schild war zwar auf *Geschlossen* gedreht, aber *eine* Besucherin erhoffte er sich trotzdem.

Lenni hatte Glück: Er war gerade erst mit den Hausaufgaben fertig, da drückte sich ein Gesicht mit rotblonden Haaren an die Schaufensterscheibe. Schwungvoll riss er die Tür auf und zerrte Merle in den Laden.

»Aus!«, rief sie.

Lenni ließ sie los. »Ich bin doch kein Hund«, meinte er lachend.

Merle verdrehte über sich selbst die Augen. »Weiß ich doch, aber du hast mich total überrumpelt! Was ist denn los?«

»Ich muss dir was sagen … die Spielzeuge … Mercurius …« Lenni zögerte. Würde Merle ihn nicht für verrückt halten, wenn er ihr alles erzählte? Er sollte es besser anders anstellen. »Du musst am Wochenende bei mir übernachten, gleich morgen Abend. Meine Mutter hat Nachtschicht und ist nicht da. Okay?«

Merle guckte ziemlich erstaunt. »Okay«, sagte sie. »Ich frage meine Eltern. Soll ich irgendetwas mitbringen? Außer Zahnbürste und Schlafanzug meine ich?«

Lenni nickte. »Mercurius und sein Pferd«, sagte er.

»Hast du Mercurius dabei?«, fragte Lenni am Freitagabend. Seine Mutter hatte soeben das Haus verlassen. Er und Merle saßen in seinem Zimmer auf der Gästematratze. Draußen war es schon fast dunkel, aber Lenni hatte das Licht nicht angeknipst. Das war wichtig für seinen Plan.

Merle holte den Elfenkrieger und sein Pferd hervor.

»Darf ich mal?« Lenni stellte die beiden auf den Schlafsack und beugte sich zu ihnen hinunter. »Mercurius«, flüsterte er. »Ich bin es, Lenni. Es ist schon dunkel, siehst du? Kannst du mich hören?«

Merle guckte mit großen Augen von Lenni zu ihrem Spielzeug. Und dann schnappte sie nach Luft. Mercurius räkelte sich auf dem Pferderücken, und der Schimmel schlug mit dem Schweif. Der kleine Elf sah Lenni an und sagte: »Dein Ruf ist mir Befehl. Auch wenn mein Ross und ich am liebsten unsere holde Herrin sehen würden.«

Lenni runzelte die Stirn.

»Er meint mich!«, flüsterte Merle völlig ergriffen, und Mercurius wandte sich ihr zu.

»Meine Herrin, meine Freundin, holde Merle, da bist du ja!«, rief er. »Wirst du mich nun endlich erhören und mit mir und meinem Mondenpferd zu den Sternen reiten?«

Merle kicherte. »Quatschkopf«, sagte sie. »Aber ich mag dich auch.« Dann drehte sie sich zu Lenni um und stützte die Arme in die Seiten. »So. Ich habe also alles nur geträumt oder einen Knall, ja?«, fragte sie. »Hast du etwa die ganze Zeit gewusst, dass Mercurius lebendig werden kann?«

Lenni wurde rot. »Sorry«, murmelte er. »Es war doch alles ein riesengroßes Geheimnis. Herr Wunder hat mich gebeten, mich um den Laden zu kümmern. Dass die Spielzeuge lebendig werden, hat er mir auch nicht verraten.«

»Die Spielzeuge? Meinst du etwa … *alle* Spielzeuge?«

Lenni nickte. »Ja, aber nur nachts. Deswegen musstest du auch bei mir übernachten.«

Merle sagte eine ganze Weile gar nichts. Dann nahm sie Mercurius und das Pferd, sprang auf und sagte: »Das will ich sehen.«

Wenig später standen Lenni und Merle im dunklen Spielzeugladen.

»Ich bin es nur. Ich und Merle«, flüsterte Lenni. Im Laden war alles still. Die beiden schoben sich durch die Tür. Und dann ging es los.

Der Elefantenhocker trötete zur Begrüßung. Uhroma Helma verkündete die falsche Uhrzeit (»Es ist zwanzig nach neun!«). Roboman und die anderen Marsroboter machten Schießübungen. Herr Bombalo sprang mit den anderen Flummis um die Wette. Mercurius' Verwandte aus dem Elfenwald galoppierten auf ihren Pferden durchs Regal. Sir Richard, den Lenni auf dem Ladentisch hatte liegen lassen, öffnete seinen Deckel und stellte sich stolz aufrecht hin. Leuchtsterne erhellten die ganze Szene mit ihrem sanften Licht.

Nur im Indianercamp und in der Puppenstube blieb es wie in der letzten Nacht ruhig, und Lenni bemerkte, dass sich heute auch im Werkstattregal nichts regte. Kein Werkzeug sägte, hämmerte oder schraubte, und keine Figur wurde wie von Zauberhand aus dem Holz geschnitzt. Doch kaum hatte Lenni angefangen, sich darüber Gedanken zu machen, kam ein Sorgenfresser-Monster angelaufen, öffnete den Mund und tat so, als würde es die Luft um Lenni herum essen.

Merle war viel zu sehr mit den lebendigen Spielzeugen beschäftigt, um darauf zu achten, dass manche reglos blieben. Mit offenem Mund und leuchtenden Augen schritt sie durch den Laden, nahm Zara, das Kuschelzebra, in den Arm und bewunderte die geschickten Arbeiten der Bastelsets, Stifte und Scheren. Sie trat auch zur Schönheitsfarm, einem Regal voller Frisierköpfe und Schminksachen und schicker spindeldünner Puppen auf pinken Sofas. Lenni machte hierum meist einen Bogen, denn es roch penetrant nach Nagellack und Parfüm. Eine der Puppen hatte ein Handy am Ohr und sprach aufgeregt hinein.

»Ja, Amy, das hat er wirklich gesagt. *Bella*, sagte er zu mir, *Bella, Darling, du wirst jeden Tag schöner.* Ehrlich! … Waaas? … Zu dir auch?«

»Hallo?«, sagte Merle vorsichtig. »Hey, Bella, ich bin Merle. Cooles Handy!«

»Amy, warte mal, da ist so ein Mädchen mit einer Hundeleine im Haar … ja, wirklich, einer Hundeleine!«

»Ist doch schick, oder?«, meinte Merle grinsend. »Die habe ich selbst geflochten, das kann ich dir zeigen. Willst du?«

Bella, die Puppe, hörte schon nicht mehr zu. »Brenda auch? Eine Hundeleine? … Süße, ist das vielleicht ein neuer Trend? … Ich brauche auch so eine … Merly, hey, Merly! Warte doch mal!« Bella winkte Merle mit ihrem Handy heran und klapperte mit den Augenlidern. »Ich brauche doch so einen Haarschmuck, ja, Merly? Drei Stück, in Gold, Silber und mit Diamanten. Du kannst mit meiner Kreditkarte abrechnen.« Sie wedelte mit einer kleinen Plastikkarte vor Merle herum und redete gleichzeitig weiter ins Telefon.

Merle klappte den Mund auf und dann zu. »Ist die immer so?«, fragte sie Lenni.

Der grinste. »Meistens. Ja, die Damen! Nur die Ruhe, euer Spinatsmoothie kommt gleich!« Er winkte den Puppen in der Schönheitsfarm zu und ging in die Werkstatt, um das Getränk zu mixen (natürlich nur aus Spielzeugzutaten).

Als er die Puppen in der Schönheitsfarm bedient hatte, gesellte Lenni sich zu Merle.

Sie stellte gerade Mercurius und sein Pferd in den Elfenwald. »Ein Wiedersehen mit meinen Verwandten!«, rief der Elf glücklich. »Oh, Merle, du bist einfach zu gut zu mir!«

Lenni zog Merle zum Ladentisch und zeigte ihr das dicke Buch. »Das ist Sir Richard. Sir Richard, das hier ist Merle. Ich habe ihr alles verraten. Mercurius ist nämlich schon bei ihr zu Hause lebendig geworden. Daher wusste ich, dass es okay ist.«

»Deine Freunde sind unsere Freunde, junger Lenni!«, verkündete das Buch pompös. »Es ist mir eine Ehre, dich kennenzulernen, junge Merle. Ich hoffe, du hattest eine angenehme Anreise!«

Lenni verdrehte die Augen. »Er redet nicht immer so«, flüsterte er Merle zu. »Nur wenn er die Seiten zu *Benimmregeln und Konversation* aufgeschlagen hat. Sir Richard, öffne doch mal das Kapitel *Survival-Training*! Dann ist er nämlich viel cooler.«

Prompt wehten die Seiten des dicken Buches hin und her, und es öffnete sich an einer anderen Stelle. »*Du willst eine Nacht in freier Natur verbringen? Dann solltest du ein paar Survival-Tricks kennen, denn …*«, las es vor, aber Lenni fiel ihm ins Wort.

»Danke, Sir Richard, aber wir brauchen gerade keine Vorlesung. Ich wollte Merle nur alles zeigen.«

Die beiden sahen sich im Laden um. Sie ließen den Elefantenhocker tröten, fuhren mit dem selbstfahrenden Skateboard, spielten Karten und sprangen unter den Flummis hindurch.

»Jetzt kennst du wirklich jede Ecke von Herrn Wunders Laden und seinen Spielzeugen«, sagte Lenni schließlich. »Jede bis auf die, die ich auch nicht kenne.«

»Welche ist das denn?«, fragte Merle mit leuchtenden Augen.

Lenni deutete auf den Ladentisch. »Dritte Schublade von rechts. Wir dürfen sie auf keinen Fall öffnen, das hat mir Herr Wunder immer wieder gesagt.«

Stumm standen Lenni und Merle vor dem Ladentisch. Die dritte Schublade von rechts brannte sich geradezu in Lennis Augen und Hirn hinein. Er hatte es noch nie so schwierig gefunden, ein Versprechen zu halten.

Kapitel 13

Lenni war sehr erleichtert, dass er das Geheimnis des Spielzeugladens nun nicht mehr allein mit sich herumtrug. Mit Merle war es unten im Laden nachts noch viel lustiger! Gleich am nächsten Abend übernachtete sie noch einmal bei Lenni. Seine Mutter tischte ihnen Pizza auf, und Merle erzählte vom Tierheim, wo sie neben Hunden manchmal auch Katzen, Chamäleons und Zwergesel versorgte. Der Abend war so lustig, dass Lennis Mutter beinahe zu spät zur Arbeit aufgebrochen wäre. Als sie weg war, stürmten Lenni und Merle sofort in den Laden.

Es war mal wieder Probe der Spielzeugladen-Bigband. Die Flummis trommelten einen wilden Rhythmus auf den Fußboden, und die Puppe mit Frack und Zylinder trompetete schwungvoll dazu. Lenni hörte begeistert zu, und Merle schnipste im Takt. Es dauerte eine ganze Weile, bis Lenni merkte, dass der Musik etwas fehlte: Es waren die perlenden Klaviertöne aus der Puppenstube. Denn dort waren auch heute Nacht alle Spielzeuge stumm und bewegungslos geblieben, genau wie im Indianercamp und in der Werkstatt. Was auch immer diese merkwürdige Schläfrigkeit unter den Spielsachen verursachte, es wurde anscheinend schlimmer. Auch während der Spielzeugsprechstunde hörte Lenni viele weitere Spielzeuge über Müdigkeit und Erschöpfung klagen. Kurzerhand verabreichte er allen einen Spinatsmoothie. Schließlich hielten die Puppen in der Schönheitsfarm diesen für unglaublich gesund.

»He, Merle, wo steckst du?«, fragte Lenni, als er damit fertig war.

»Im Wilden Westen!« Merle hockte auf dem Fußboden. Die Spielzeugeisenbahn fuhr ihre Runden, war aber deutlich langsamer als sonst. Diese Chance hatten ein paar Banditen genutzt. Sie legten Baumstämme quer über die Schienen und hielten ihre Schießeisen bereit.

»Überfall!«, schrien sie. »Her mit dem Gold!«

»Nicht doch«, bat Merle. »Sonst geht die Eisenbahn noch kaputt. Außerdem sehen die Passagiere schon ganz verängstigt aus. Hilfe!« Merle sah sich gespielt ratlos um.

Da galoppierte Mercurius herbei. »Holde Merle, verzage nicht, ich rette dich!«, rief er, postierte sich zwischen Merle und den Banditen und wedelte mutig mit seinem Speer.

»Nicht mir musst du helfen, denen da!«, meinte Merle grinsend und zeigte auf den Zug. »Na los, wir schaffen es zusammen. Auf sie!« Merle zog die Baumstammbarrikade von den Schienen, und Mercurius verjagte die Banditen. Im Nu konnte die Eisenbahn weiter ihre Runden fahren – wenn auch träge ratternd und sehr langsam.

»Schlag ein, Mercurius!«, rief Merle glücklich und hielt dem Elfen einen Finger hin. Dann streckte sie auch Lenni die Hand entgegen. »Danke«, sagte sie. »Weil du mir den Laden gezeigt hast. Das ist echt cooler als … na, als alles, was ich je gesehen habe.«

Lenni konnte nur breit lächeln und schlug ein. Er sah das ganz genauso.

Von nun an kam Merle an den meisten Nachmittagen im Laden vorbei, wenn sie ihre Runde mit den Tierheimhunden beendet hatte. Lenni und sie machten Hausaufgaben, beseitigten das Durcheinander der Nacht zuvor und reparierten kleine Fehler. Denn wenn die Spielzeuge eine Nacht lang durch den Laden liefen, fuhren, sprangen und flogen, kam es schon mal zu Zusammenstößen.

Auch seine Sorgen um den Spielzeugladen konnte Lenni nun mit Merle teilen. Denn es wurden immer weniger Spielzeuge lebendig. Zuerst fiel das nicht weiter auf, weil es im Laden immer noch lebhaft zuging. Doch mit der Zeit hörte und sah Lenni richtig, dass es ruhiger wurde. Niemand plauderte in der Puppenstube, kein Bastelset setzte sich mehr selbst zusammen, und im Citycenter tat nur noch ein einzelner Polizist Dienst.

»Warum sind die Spielzeuge nur so erschöpft?«, überlegte Lenni eines Nachts. Er saß am Ladentisch und unterhielt sich mit Sir Richard. »Vielleicht muss ich einfach neue bestellen. Nein, warte mal! Es steht doch eine ganze Lieferung in Herrn Wunders Werkstatt! Soll ich die auspacken?« Er wollte schon in den Nebenraum eilen, aber das Buch hielt ihn zurück.

»Warte, junger Lenni«, rief es und wedelte aufgeregt mit den Seiten. »So geht das nicht. Du musst wirklich noch viel über den Spielzeugladen lernen.«

»Weiß ich doch«, sagte Lenni. »Also, was ist los?«

»Nun, ich habe Herrn Wunder schon lange bei seinen Tätigkeiten beobachtet und kenne mich gut aus«, erklärte Sir Richard. »Er bestellt neues Spielzeug stets telefonisch in der Spielzeugfabrik. Die Lieferung kommt dann per Post, das weißt du ja schon.«

Lenni nickte. Der riesige Kartonstapel in der Werkstatt war schließlich nicht zu übersehen. »Wo ist diese Fabrik denn? Und wie stellt man magische Spielzeuge her?«

»Die Spielzeugfabrik ist hier in der Stadt«, erwiderte Sir Richard. »Aber die Spielzeuge sind nicht magisch, wenn sie ankommen. Im Gegenteil, sie sind völlig normal! Doch in der ersten Nacht im Laden erleben sie etwas Besonderes.«

»Was denn?«, fragte Lenni atemlos.

»Wenn neue Spielzeuge im Laden sind, in ihrer ersten Nacht, dann, und nur dann, öffnet Herr Wunder die dritte Schublade von rechts«, erklärte Sir Richard geheimnisvoll.

Lenni zog die Augenbrauen hoch. »Die dritte Schublade!«, rief er. »Ich wollte doch schon die ganze Zeit wissen, was da drin ist! Warum erzählst du mir das erst jetzt?«

»Püh!«, machte Sir Richard. »Hättest ja einfach fragen können.« Mit einem Schlag klappte er sich zu und drehte sich weg.

Lenni schwieg und sah sich im Laden um. Zwei kleine Feen flatterten vor dem Elfenwald herum. Roboman ratterte über den Fußboden. Die Spielkarten verteilten sich an die Puppen in der Puppenstube, die sich jedoch nicht regten. Der letzte Polizist im Citycenter verrichtete seinen Dienst nur noch schnarchend.

»Entschuldige bitte, Sir Richard«, sagte Lenni leise. »Ich mache mir doch bloß Sorgen um die Spielzeuge. Irgendetwas stimmt hier nicht!« Er fühlte ein unangenehmes Ziehen im Magen und sah automatisch zu den Sorgenfressern hinüber. Doch keiner kam, um seine Gedanken und Gefühle aus der Luft zu schnappen.

Sir Richard wedelte versöhnlich mit den Seiten. »Das glaube ich auch, junger Lenni«, sagte er ernst. »Ich spüre es in meinem alten Rücken. Der fantastische Spielzeugladen ist in Gefahr.«

Am nächsten Nachmittag erzählte Lenni Merle haarklein, was er in der Nacht erfahren hatte.

»Oh, ich wünschte, ich könnte wieder bei dir übernachten!«, sagte sie sofort. »Aber mitten in der Woche erlauben meine Eltern das nie.«

»Und am Wochenende hat meine Mutter frei«, erwiderte Lenni. »Da wird es schwierig, dass wir uns beide aus der Wohnung schleichen.«

Trotzdem wollten Lenni und Merle natürlich etwas unternehmen. Sie überlegten hin und her. Warum wurden nicht mehr alle Spielzeuge lebendig? Woher kam die Gefahr, von der Sir Richard gesprochen hatte? Und was befand sich in der dritten Schublade von rechts?

»Mercurius ist so fit wie immer«, meinte Merle und kicherte. »Er redet immer davon, mir seinen Elfenwald im Mondenschein zu zeigen. Auch seinem Pferd geht es prima. Heute Nacht haben mir die zwei waghalsige Sprünge über die Falten meiner Bettdecke vorgeführt.«

Lenni lächelte. »Ich bin froh, dass es ihnen gut geht«, sagte er. »Aber was unternehmen wir nun wegen der anderen Spielzeuge?«

Merle sah ihren Freund an. »Eigentlich ist es doch ganz klar«, sagte sie schließlich. »Du musst die dritte Schublade von rechts öffnen.«

»Aber Herr Wunder hat es mir doch verboten!«, widersprach Lenni.

»Überleg doch mal«, begann Merle. »Aus der Fabrik kommen ganz stinknormale Spielzeuge. In ihrer ersten Nacht im Laden öffnet Herr Wunder die Schublade, und dann werden sie lebendig.«

»Ja, und?«

»Und jetzt haben wir das gleiche Problem: Im Laden liegen lauter gewöhnliche Spielzeuge. Also öffnen wir heute Nacht die Schublade, und sie werden wieder so lebendig wie vorher. Wetten?«

Lenni nickte. Merles Idee klang absolut logisch.

Komisch nur, dass Herr Wunder ihm so streng verboten hatte, die Schublade zu öffnen. Aber der Ladenbesitzer hatte ihm ja auch nicht verraten, dass die Spielzeuge überhaupt lebendig wurden! Offenbar hatte er nicht damit gerechnet, dass Lenni so viel über den Laden herausfinden würde, wie er es in den letzten Wochen getan hatte.

In der Nacht fragte Lenni Sir Richard, was in der dritten Schublade von rechts sei.

Das Buch druckste eine Weile herum. »Das weiß ich nicht«, gab es endlich zu, offenbar peinlich berührt über sein eigenes Unwissen. »Aber ich kann dir sagen, wie man einen Krawattenknoten bindet!«

»Nein, Danke, Sir Richard. Ich habe heute schon etwas anderes vor.« Lenni erzählte dem Buch von Merles und seinem Vorhaben. Sir Richard schwieg eine ganze Weile und wedelte gedankenverloren mit den Seiten. »Tu das«, sagte er schließlich. »Vielleicht kannst du so die Gefahr aufhalten.«

Lenni schluckte. Er setzte sich auf den Elefantenhocker (»Törööőt!«), legte die Hand auf den Knauf und zog langsam die dritte Schublade von rechts auf.

Er wusste nicht genau, was er erwartet hatte. Etwas Großes auf jeden Fall, etwas Außergewöhnliches und

Aufregendes. Doch in der Schublade war nichts weiter als ein Schraubglas, das an ein gewöhnliches Marmeladenglas erinnerte. Es war leicht gelblich verfärbt, und ein Deckel war nicht darauf. Auf dem Boden des Glases lag eine dünne Schicht goldenes Pulver. Lenni sah genauer hin. War es Dekopulver, wie seine Mutter es manchmal zum Basteln verwendete? Oder einfach nur Staub? Nein, das konnte nicht sein, denn im Licht der Fliegenpilzlampe sah Lenni genau, dass das Pulver ganz leicht schimmerte. Lenni beugte sich noch tiefer und schnupperte an dem Glas. Er roch nichts, aber etwas Staub aus der Schublade stieg ihm in die Nase, und er musste niesen. Im letzten Augenblick konnte er es sich verkneifen. Irgendwie glaubte er nicht, dass er die goldenen Körner mit einem heftigen Nieser im Laden verteilen sollte.

Ein zartes Glitzern in der Luft zog Lennis Aufmerksamkeit auf sich. Ein paar goldene Staubkörner hatten sich vom Glasboden gelöst und flogen heraus. Einen Moment lang schwebten sie über der Schublade, dann flatterten sie langsam weiter. Sie waren so winzig, dass Lenni ihren Weg nicht weit verfolgen konnte. Binnen Sekunden hatte er sie aus den Augen verloren, als hätten sie sich in Luft aufgelöst.

Lenni wartete eine ganze Weile. Würden die schlafenden Spielzeuge nun wieder zum Leben erwachen, so wie sie es noch vor ein paar Tagen getan hatten? Aber nichts geschah. Sein Plan mit der dritten Schublade funktionierte nicht.

»Merkwürdiger Staub«, sagte Lenni zu Sir Richard. Mit einem Ruck schloss er die dritte Schublade von rechts. Irgendwie fühlte er sich damit wohler.

Kapitel 14

Am nächsten Morgen vor der Schule huschte Lenni kurz in den Spielzeugladen. Die Morgensonne fiel auf den Ladentisch. Sir Richard stand im Regal, und Bella aus der Schönheitsfarm telefonierte ausnahmsweise nicht. Auch die anderen Spielzeuge lagen und standen ruhig an ihren Plätzen. Nichts deutete darauf hin, dass hier jede Nacht etwas Außergewöhnliches geschah.

Am Ladentisch holte Lenni tief Luft und öffnete noch einmal die dritte Schublade von rechts. Er wollte gern wissen, wie das geheimnisvolle Pulver bei Tageslicht aussah.

Lenni blinzelte und starrte in die Schublade. Das alte Marmeladenglas war noch leerer als in der Nacht zuvor! Nur ein kleines Häuflein lag auf dem Glasboden. Rasch schob Lenni die Schublade wieder zu.

Die Puppen und Indianer und die anderen schlafenden Spielzeuge waren in der Nacht nicht wieder aufgewacht. Was war dann mit dem Pulver geschehen? Es waren doch auch keine neuen Spielzeuge in den Laden gekommen, die das magische Pulver benötigten, um lebendig zu werden! Waren es vielleicht die neuen Spielzeuge, die noch in der Werkstatt in ihren Kartons warteten? Verbrauchten sie das Pulver? Aber dann müsste es eigentlich jede Nacht laut in den Kartons rumoren, wenn sie zum Leben erwachten, und das hätte Lenni sicher bemerkt.

In der Schule berichtete Lenni Merle alle Neuigkeiten. Aber die antwortete nicht, sondern guckte über den Schulhof. »Hörst du mir eigentlich zu?«, fragte Lenni.

Merle nickte. »Ja«, sagte sie. »Aber guck mal da hinten.« Sie zeigte zu den Klettergerüsten. »Nick-Noel.«

Lenni blinzelte in die Morgensonne. Tatsächlich, Nick-Noel stand ganz oben auf einem Kletternetz wie ein Pirat kurz vor dem Entern und blickte zu ihm und Merle hinüber. »Was will er denn von uns?«

»Er winkt«, stellte Merle fest. »Und zeigt auf seine Augen. Oh, weh! Glaubst du, er denkt an die fiese Aktion mit dem Puppenauge?«

»Hoffentlich nicht«, meinte Lenni finster. »Er soll uns bloß in Ruhe lassen. Und die Spielzeuge auch.«

Merle holte Luft. »Darum müssen wir uns später kümmern. Heute Nachmittag komme ich in den Laden. Dieses komische Pulver will ich auch sehen.«

Aber der nächste Blick in die dritte Schublade von rechts beantwortete weder Lenni noch Merle irgendeine ihrer Fragen.

Am Abend schlich Lenni wie so oft in Waldo Wunders fantastischen Spielzeugladen. Er hatte nicht viel Zeit, weil seine Mutter bald nach Hause kommen würde. Umso schlimmer war es, dass die Spielzeuge bei Lennis Ankunft stocksteif in ihren Regalen standen.

Lenni bekam einen Schreck. Na gut, vielleicht war er zu früh dran. Doch Uhroma Helmas Zeiger wiesen auf halb 10. Um diese Zeit waren die Spielzeuge sonst immer quicklebendig! Dann dachte Lenni, es könnte ein Spiel sein.

»Okay, haha!«, sagte er laut. »Ihr habt mir einen ganz schönen Schrecken eingejagt. Total witzig! Aber jetzt könnt ihr aufwachen.«

Lenni sah sich um. »He, wacht endlich auf!«, rief er besorgt, als sich immer noch nichts regte.

Endlich kam Bewegung in die Spielzeuge. Bella, Amy und Brenda in der Schönheitsfarm gähnten ausgiebig. Herr Bombalo hüpfte aus der Bunten Ecke.

Das Blechmännchen fuhr umher wie aufgezogen und wackelte mit seinem langen Schwert. Nach und nach redete, ratterte, fuhr, flog, hüpfte und spielte es immer lebhafter um Lenni herum. Lenni ließ die angestaute Luft entweichen. »Hui, ich dachte schon, jetzt geht hier gar nichts mehr, Sir Richard.« Er drehte sich zu dem Buch, das wie immer auf dem Ladentisch bereitlag. Es regte sich nicht. Erst jetzt bemerkte Lenni, dass es in vielen anderen Ladenecken ebenfalls noch ruhig war. Und es wurden von Nacht zu Nacht immer mehr.

»Was ist hier nur los?«, flüsterte Lenni. Vorsichtig strich er über Sir Richards dunkelblauen Einband. Da sträubte sich das Buch, raschelte mit den Seiten und klappte sich auf.

»Ah, der junge Herr Lenni!«, sagte das Buch. Es gähnte herzhaft. »Du meine Güte, habe ich fest geschlafen. Bitte verzeih.«

»Macht nichts«, meinte Lenni. »Ich bin bloß froh, dass du endlich aufgewacht bist! Es hat bei allen richtig lange gedauert. Und immer mehr schlafen einfach weiter.«

»Wirklich?« Das Buch tat einen erschreckten Hüpfer und drehte sich einmal um sich selbst. »Tatsächlich. Oh, junger Lenni! Was tun wir denn jetzt?«

»Wir finden heraus, was hier los ist«, erwiderte Lenni entschlossen. Zuerst ging er in Herrn Wunders

Spielzeugwerkstatt. Er öffnete die Tür ganz vorsichtig, knipste das Licht nicht an und lauschte in die Dunkelheit. Nichts. Er trat näher an den riesigen Kartonstapel heran, doch auch nun vernahm er rein gar nichts. Es war, wie er vermutet hatte: Die Spielzeuglieferung hatte nichts damit zu tun, dass das goldene Pulver aus dem Glas verschwand. Die neuen Spielzeuge aus der Fabrik waren leblos und völlig normal.

»Hast du schon mal von diesem Pulver in der dritten Schublade gehört?«, fragte Lenni Sir Richard, als er wieder im Ladenraum war.

Sir Richard schüttelte sich. »Ich habe es dir doch gesagt: Ich wusste nicht, was in der Schublade ist. Allerdings …« Er hielt inne. Dann blätterten sich seine Seiten in rasendem Tempo um.

»Was tust du?«, rief Lenni über das Rauschen der Seiten hinweg.

»Suchen!«, rief Sir Richard zurück. Bald hatte er das Ende des Buches erreicht und blätterte sich gleich wieder nach vorne. Es schien Lenni ewig zu dauern. Endlich hielt Sir Richard an, auf einer Seite fast ganz am Schluss des Buches.

»Ich wusste es doch!«, sagte er triumphierend. »Ich wusste doch, dass hier irgendwo das Wort Pulver auf meinen Seiten steht. Sieh nur, junger Lenni!«

Lenni beugte sich tiefer über die Seite. Unter dem Titel *Junge Herren werden erwachsen* stand ein ellenlanger Text über Bartwuchs und Hormone. »Was soll das?«, fragte Lenni verwirrt.

»Nicht das«, sagte Sir Richard, »das da unten!«

Am unteren Rand der Seite stand ein Text in so winzigen Buchstaben, dass Lenni ihn fast übersehen hätte:

Das Ende der Spielzeit lautete die Überschrift, und es waren nur wenige Sätze:

Jeder Mensch spielt, auch junge Herren. Doch die Spiele ändern sich mit der Zeit. Wer über Magie verfügt, kann seine Spiele mithilfe des Pluspulvers unvergesslich machen.

»Pluspulver«, murmelte Lenni. Er öffnete die dritte Schublade. Das Glas mit dem kläglichen Pulverrest hatte keine Aufschrift. Doch weiter hinten in der Schublade fand er den Deckel, der anscheinend zum Glas gehörte. Darauf klebte ein handgeschriebenes Etikett, fleckig und vergilbt. »Tatsächlich, hier steht es!«, rief er. *»Doktor Lysandra Puros Pluspulver! Ein Korn pro Spielzeug genügt.«*

»Wie bitte?«, hakte Sir Richard nach.

»*Ein Korn pro Spielzeug genügt*«, wiederholte Lenni. »Das steht auf dem Deckel. Du meine Güte, dann reicht ein ganzes Glas voll ja für Tausende Spielzeuge.«

»Zehntausende oder noch mehr«, verbesserte Sir Richard. »Ich habe ein Kapitel zu Mathematik für junge Herren, soll ich es dir zeigen?« Er begann, seine Seiten umzublättern, aber Lenni winkte ab.

»Zehntausende oder noch mehr Spielzeuge«, wiederholte er. »Dann ist dieses Glas bestimmt uralt. Vielleicht sogar so alt wie der ganze Laden … 1712 steht draußen auf der Tür, über 300 Jahre.«

»Wendelin«, sagte Sir Richard nachdenklich.

»Wie bitte?«

»Wendelin Wunder, so hieß Waldos Vorfahr, der den Laden gegründet hat. Davon hat er mir oft erzählt: Wendelin Wunder, der größte Spielzeugmacher Europas. Er war der Erste, der erkannte, dass alle Kinder ihr einzig wahres Spielzeug brauchen, um wirklich glücklich zu sein.«

Vorsichtig legte Lenni den alten Deckel wieder in die Schublade. So langsam meinte er zu verstehen, was in Waldo Wunders Laden los war. Das Glas mit dem Pluspulver, das die Spielzeuge lebendig machte, war fast leer. Es reichte nicht aus, um die schlafenden Spielzeuge wieder aufzuwecken. Und dann war da noch etwas. »Weißt du, was ich glaube, Sir Richard?«, fragte er aufgeregt. »Ich glaube, dass Herr Wunder verreist ist, um Pluspulver zu besorgen! Aber warum dauert es so lange?«

»Oh, ein Rätsel, ich liebe Rätsel!« Sir Richard blätterte seine Seiten um, bis er auf einer landete, auf der der berühmte Detektiv Sherlock Holmes abgebildet war. »Schlussfolgerungen, Lenni Watson, das ist es, was wir brauchen. Logik. Damit lösen wir jeden Fall.« Sir Richard dachte nach, und Lenni sagte lieber nichts mehr. Er konnte dem Buch nicht ganz folgen.

»Aha!«, machte Sir Richard schließlich. »Herr Wunder weiß nicht, wo es Pluspulver zu kaufen gibt!«

»Wie kommst du bitte darauf?«, fragte Lenni. »Er hat einen magischen Spielzeugladen und weiß nicht, woher er die wichtigste magische Zutat bekommen kann?«

Das Buch wedelte mit den Seiten. »Es ist ganz elementar, Lenni Watson: Wenn das Glas wirklich von 1712 ist, dann kauft Herr Wunder zum ersten Mal in seinem Leben Pluspulver. Wenn das stimmt und da er sehr lange wegbleibt, gibt es nur eine sinnvolle Erklärung: Er kennt den Ort nicht, wo er das neue Pulver bekommt. Ja, junger Lenni, Applaus wäre jetzt durchaus angebracht«, beendete das Buch seine Erklärung stolz.

Lenni kicherte und tat Sir Richard den Gefallen. »Okay, so viel wissen wir jetzt. Und was ist mit den Spielzeugen los? Warum werden viele nicht mehr lebendig?« Und es waren nicht nur die Spielzeuge in der Puppenstube und den anderen Ecken, von denen er es schon wusste. Während Lenni zusah, wurde auch die Eisenbahn immer langsamer und blieb dann ganz stehen. Im Kaiserpalast hielt ein Aufziehvogel im Picken inne. Uhroma Helma dagegen war eins der Spielzeuge, die noch hellwach wirkten. »Es ist zehn nach zehn!«, rief sie völlig falsch.

Sir Richard schüttelte sich. »Auch Sherlock Holmes kann nicht hellsehen«, sagte er. »Ich weiß zwar viel, aber nicht alles, junger Lenni.«

»Ein Korn pro Spielzeug genügt«, murmelte Lenni vor sich hin. »Die Spielzeuge hier müssen längst ihr Korn Pluspulver bekommen haben, sonst wären sie doch niemals lebendig geworden. Ob die Wirkung irgendwann nachlässt? Brauchen die Spielzeuge frisches Pulver? Aber wir haben nicht mehr genug für alle!« Besorgt betrachtete er den winzigen Pulverrest in der dritten Schublade.

»Das kann nicht sein, junger Lenni«, widersprach Sir Richard. »Wenn die Spielzeuge neues Pulver bräuchten, dann würde ein Korn pro Spielzeug ja doch nicht ausreichen. Dann hätte Doktor Lysandra Puro sich geirrt.«

»Und kann das nicht sein?«, meinte Lenni. »Ich hätte es auf jeden Fall lieber als die andere Möglichkeit.«

»Welche ist das?«

»Dass die Spielzeuge ein ernsthaftes Problem haben.«

Kapitel 15

Sirrrrr! Lenni zuckte zusammen, als plötzlich ein Raumschiff an seinem Kopf vorbeisurrte und vor ihm auf dem Ladentisch landete. Zwei Marsroboter marschierten auf Lenni zu. Eine Gruppe kleiner Flummis kam angehüpft und sprang um seine Beine. Aus dem Elfenwald galoppierten zwei Reiter herüber.

»Lenni!«, riefen sie. »Wir bringen schlimme Kunde und hoffen auf euren Rat.«

»SOS. Notfall«, plärrte ein Roboter mit blecherner Stimme. »Notfall. SOS. Meine Schaltkreise brauchen Strom. Meine Batterie ist leer. Mein Blechhirn ist furchtbar müde.«

Mitleidig sah Lenni den Roboter an. Auch die anderen Spielzeuge hatten eine ähnliche Nachricht: Sie fühlten sich matt und hatten Mühe gehabt, aus ihrem Schlaf zu erwachen. Die Krankheit, die die Spielzeuge befallen hatte, griff offenbar um sich.

»He, alle mal ruhig, bitte!«, rief Lenni in das Durcheinander, und die aufgeregten Spielzeuge wurden etwas leiser. »Ich will euch ja helfen! Ich weiß nur leider noch nicht genau, wie.« Wieder fluteten laute Stimmen wie eine Woge über ihn hinweg. »Ich weiß nicht, wann Herr Wunder wiederkommt … Ich weiß auch nicht, was hier los ist … Nein, ich habe noch nie einen magischen Spielzeugladen geführt«, beantwortete Lenni die Fragen der Spielzeuge. »Bitte, ganz ruhig, lasst mich kurz mal etwas nachsehen.«

Mit Mühe verschaffte Lenni sich Platz auf dem Ladentisch und betrachtete das Pulverglas in der dritten Schublade. Es war, wie er befürchtet hatte. Das Häuflein Pulver, das er vorhin gesehen hatte, war noch mickriger geworden. Aber wohin verschwand es, wenn es nicht dafür sorgte, dass einige Spielzeuge wieder lebendig wurden?

Lenni kniff die Augen zusammen und sah ganz genau hin. Es dauerte nicht lange, bis sich ein paar Staubkörner vom Glasboden lösten. Wie in der letzten Nacht schwebten sie glitzernd in die Höhe. Diesmal aber verlor Lenni sie nicht aus den Augen. Er lief ihnen hinterher, bis er vor dem Kaiserpalast stand. Das Pluspulver landete auf dem Blechmännchen, funkelte ein letztes Mal auf und verschmolz dann mit seiner dunklen Uniform. Die Blechfigur hob ihr krummes Schwert und wackelte auf der Stelle, dass es schepperte. Bevor Lenni reagieren konnte, schwebten einige weitere Pulverkörner herbei und verschmolzen ebenfalls mit dem Blechmännchen.

»Ein Korn pro Spielzeug genügt!«, rief Lenni entsetzt. Er packte das Blechmännchen, sprintete zum Ladentisch und donnerte die Schublade zu. Deswegen

also hatte Herr Wunder ihn gebeten, die Schublade nicht zu öffnen: Weil das Pluspulver dann herausflog und verschwand! Hatte er die Probleme im Laden also selbst verursacht?

Nein, das konnte nicht sein, denn einige Spielzeuge hatten schon verschlafen, bevor Lenni die Schublade zum ersten Mal geöffnet hatte. Das Blechmännchen ratterte in seiner Hand. Er musste einfach herausfinden, was hier vor sich ging!

»Junger Lenni? He, junger Lenni!« Sir Richard wedelte mit den Seiten.

»Jetzt nicht, das hier ist wichtig.« Lenni ließ das Blechmännchen zwischen den anderen Spielzeugen auf dem Ladentisch stehen und eilte in Herrn Wunders Werkstatt. Einen Karton nach dem anderen riss er auf. Er fand Puzzles, Sorgenfresser, Raumschiffe, Modelleisenbahnen, Bastelsachen und hunderterlei andere Spielsachen. Auf jedem Karton stand der gleiche Absender: die Spielzeugfabrik in der Stadt, von der Sir Richard schon erzählt hatte. Endlich, im letzten und größten Karton, der randvoll mit Bällen aller Art und Größe gefüllt war, entdeckte Lenni auch einen ellenlangen Papierbogen: den Lieferschein.

Es dauerte eine ganze Weile, bis Lenni das Dokument komplett durchgelesen und verstanden hatte.

Doch dann war er sich sicher: Eine Aufziehfigur aus Blech stand nicht auf dem Lieferschein. Wo auch immer das Männchen hergekommen war, es stammte nicht aus der Fabrik. Herr Wunder hatte es nicht bestellt.

Grübelnd ging Lenni zurück in den Laden. Er nahm das Blechmännchen und sah es streng an. »Wo kommst du her?«, fragte er die Figur. »Wer hat dich geschickt? Und warum?« Das Blechmännchen antwortete nicht. Das musste nichts bedeuten, denn nicht alle fantastischen Spielsachen konnten sprechen. Aber vielleicht wollte das Männchen auch einfach nichts verraten.

Aus dem Augenwinkel sah Lenni, dass Sir Richard erneut mit den Seiten wedelte.

»Gleich«, meinte Lenni. Er schüttelte das Blechmännchen kräftig, doch kein Staubkorn löste sich. Lenni dachte nach. Er musste das Blechmännchen daran hindern, dass es noch die allerletzten Reste Pluspulver aus dem Glas saugte! Denn Lenni hatte das sichere Gefühl, dass das für die Spielzeuge in Waldo Wunders Laden ganz und gar nicht gut wäre.

Lenni nahm einen leeren Karton aus der Werkstatt, packte das Blechmännchen hinein und schob das Päckchen in ein Fach unter der Werkbank, nach ganz hinten, zwischen Bohrmaschine und Stichsäge. Dann verschloss er fest die Tür.

Nachdenklich stromerte Lenni noch eine Weile durch den Spielzeugladen. Etwas rumorte in seinem Bauch, ein unangenehmes, sorgenvolles Ziehen. Was war nur im fantastischen Spielzeugladen los? Was sollte er tun, und wo bekam er Antworten? Natürlich würde er am nächsten Tag mit Merle über alles sprechen. Vielleicht konnten sie ja zusammen Herrn Wunder einen Brief schreiben und ihn bitten, möglichst schnell nach Hause zu kommen!

Im Kopf verfasste Lenni schon mal einen Hilferuf an den Spielzeugmacher. Er war so in Gedanken versunken, dass er gar nicht bemerkte, dass er nicht der Einzige war, der sich Sorgen machte. Sir Richard versuchte noch minutenlang mit ernster Stimme, Lennis Aufmerksamkeit zu erregen. Aber er bemerkte es nicht.

Kapitel 16

An diesem Nachmittag hatte Lennis Mutter frei und lud ihn zu einem Eis in der Stadt ein. Lenni war ein bisschen nervös. Er wollte auf keinen Fall Merle verpassen! Aber vielleicht war ein bisschen Ablenkung auch ganz gut, und das Eis schmeckte einfach zu lecker! Außerdem war es mit seiner Mutter immer lustig, da konnte er einfach nicht Nein sagen.

Als die beiden Lindenbaums in die Pulvergasse zurückkehrten, wartete Merle mit den drei Möpsen vor dem Spielzeugladen.

»Hallo, Merle! Möchtest du mit raufkommen?«, fragte Lennis Mutter fröhlich.

Merle schüttelte den Kopf. »Die Hunde können keine Treppen steigen«, sagte sie. »Ich binde sie hier an und gehe kurz mit Lenni in den Laden. Von da aus habe ich die drei immer im Blick.«

»Können die Hunde wirklich keine Treppen rauf?«, fragte Lenni, als seine Mutter gegangen war.

Merle nickte. »Mit den kurzen Beinen? Sie schaffen vielleicht ein paar Stufen, aber bestimmt nicht zwei Stockwerke.«

»Praktisch«, meinte Lenni grinsend.

Es dauerte allerdings noch, bis Merle endlich den Laden betrat. Vorher musste sie sich mit ausführlichem Kraulen und Streicheln bei den Hunden verabschieden.

Drinnen nahm sie Mercurius und sein Pferd aus ihrer Tasche und stellte sie auf den Ladentisch. Lenni bemerkte, dass sie mit den Spielzeugen genauso freundlich redete wie mit den Hunden. Vielleicht war das der Grund, warum die Spielzeuge auch bei ihr lebendig wurden, überlegte Lenni. Dann erzählte er ihr, was er herausgefunden hatte.

»Die armen Spielzeuge!«, rief Merle. »Es ist bestimmt schrecklich, wenn man sich plötzlich so müde fühlt und kaum noch wach wird.«

»Wie geht es denn Mercurius?«, wollte Lenni wissen.

»Gut. Aber er ist ja auch schon lange nicht mehr im Laden gewesen.«

»Genau darüber wollte ich mit dir sprechen«, meinte Lenni. »Das Blechmännchen zieht das Pluspulver aus dem Glas an sich, so viel steht fest. Aber wieso wachen die anderen Spielzeuge nicht mehr auf? Die müssten doch alle in der ersten Nacht im Laden ihr Pluspulver erhalten haben.«

Merle überlegte eine Weile. »Gibt es noch einen anderen Grund, warum die Spielzeuge nicht aufwachen? Haben sie Angst vor Nick-Noel und seinen fiesen Streichen? Oder Angst vor Blech-Noel?«

»Blech-wer?«

»Blech-Noel!«, meinte Merle grinsend. »Das olle Blechmännchen, weißt du. Es ist mindestens so fies wie Nick-Noel, wenn es einfach Herrn Wunders Pulver nimmt. Also nenne ich es so.«

»Ich wünschte, sie wären beide niemals in den Laden gekommen, Nick-Noel nicht und Blech-Noel auch nicht«, meinte Lenni finster.

Merle grinste plötzlich noch breiter. »Ich glaube, dafür weiß ich eine Lösung.«

Lenni kramte den Karton mit Blech-Noel aus der Spielzeugwerkstatt hervor. Merle durchsuchte unterdessen den Ladentisch und fand ein paar Bogen Geschenkpapier mit goldenen Sternen sowie eine Rolle Schleifenband. Dann stopften sie den Karton mit Zeitungen aus, klebten ihn zu und wickelten ihn in das Papier. Am Schluss kam noch eine Schleife außen herum und ein hübscher Aufkleber: »Für Nick-Noel aus *Waldo Wunders fantastischem Spielzeugladen*.«

»Toll!«, sagte Merle. »So ein schönes Geschenk möchte ich auch gerne kriegen.«

»Mit Blech-Noel drin?«, fragte Lenni verschmitzt.

Merle schüttelte den Kopf. »Aber nein. Ich würde doch dem lieben Nick-Noel niemals sein Geschenk streitig machen«, meinte sie grinsend. »Er wird sich sooo darüber freuen!«

Lenni zweifelte noch. »Vielleicht bringt er es auch zurück, weil er glaubt, es liegt eine Verwechslung vor«, meinte er.

»Nick-Noel? Etwas zurückgeben?«, fragte Merle. »Der wollte doch sogar Herrn Bombalo geschenkt haben, obwohl er Flummis langweilig findet.«

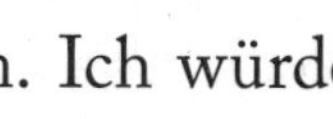

Von Lennis Wohnung aus rief Merle eine Freundin an, die in die gleiche Klasse ging wie Nick-Noel. Von ihr erfuhren sie seine Adresse. Lenni klemmte das Geschenk auf den Gepäckträger seines Rads und begleitete Merle und die drei Hunde in eine hübsche Wohnstraße am Stadtrand.

Nick-Noels Haus war von einem hohen Zaun umgeben. Die Klingel befand sich am Tor.

»Lieferung für Nick-Noel«, sagte Lenni mit verstellter Stimme in die Gegensprechanlage. Er stellte das Päckchen ab und rannte mit Merle davon. Versteckt hinter einem Auto beobachteten sie, wie Nick-Noel nach draußen kam und einen Knopf am Torpfosten drückte. Lautlos öffnete sich die Pforte, und er trat auf den Gehweg. Er entdeckte das Päckchen und riss es sofort auf.

»Schlag ein«, rief Merle und hielt Lenni ihre Hand hin.

»Das war die beste Idee der Welt«, freute sich Lenni. »Wir sind den Blech-Noel losgeworden und haben Nick-Noel veräppelt! Der wird ganz schön enttäuscht sein, wenn er statt eines ferngesteuerten Roboters nur den ollen Blechmann im Paket findet.«

Durch die Altstadt schlenderten Lenni und Merle in die Pulvergasse zurück. »Heute Nacht öffne ich wieder die Schublade«, sagte Lenni. »Das bisschen Pulver, was noch drin ist, kann dann wenigstens ein paar der Spielzeuge wieder lebendig machen. Und wenn Herr Wunder zurück ist, weckt er mit dem neuen Pulver alle wieder auf.«

»Hmm«, machte Merle. »Glaubst du, das klappt so einfach? Wir wissen doch immer noch nicht, warum die Spielzeuge nicht mehr aufwachen.«

»Ach, wird schon schiefgehen«, meinte Lenni locker. Nach der gelungenen Aktion mit Blech-Noel und Nick-Noel war er in Hochstimmung. »Hast du Lust, wieder bei mir zu übernachten?«, fragte er. »Zu zweit ist es im Laden viel lustiger.«

»Darf ich?«, fragte Merle strahlend. »Au ja! Aber was ist mit deiner Mutter? Du hast doch gesagt, sie ist zu Hause und wir können uns nicht rausschleichen.«

Lenni grübelte eine Weile. Dann sagte er: »Wir müssen uns ja gar nicht rausschleichen. Wir schlafen einfach gleich ganz im Laden. Mama wird schon nichts dagegen haben.«

Und so war es auch. Lennis Mutter stellte zwar eine Menge Fragen (»Warum wollt ihr im Spielzeugladen schlafen? Ist es da nicht viel zu ungemütlich? Bist du dir sicher, dass Herr Wunder nichts dagegen hat? Denkt ihr auch daran, die Ladentür abzuschließen?«), aber schließlich erlaubte sie, dass Lenni und Merle Matratzen, Schlafsäcke und Kissen aus der Wohnung im zweiten Stock ins Erdgeschoss schleppten. Gegen neun Uhr kam sie gute Nacht sagen.

Danach hieß es warten. Merle hockte im Schlafanzug auf ihrer Matratze. Sie hatte Mercurius und sein Pferd vor sich aufgebaut und spielte mit ihnen einen Ausritt in den Feenwald. Lenni öffnete die dritte Schublade von rechts am Ladentisch und sah sich gespannt im Laden um. Schwebte der Rest Pluspulver aus dem Glas schon zu den schlafenden Spielzeugen hin? Er konnte nichts erkennen. Vielleicht war es auch einfach noch zu hell im Laden. Irgendwann wurde es in der Stadt ruhiger, und die Straßenlaternen in der Pulvergasse erloschen.

»So«, sagte Lenni. »Jetzt kann es losgehen. Hallo, liebe Spielzeuge! Wacht bitte auf!«

Kapitel 17

Gespannt sahen Lenni und Merle sich um. Lenni blickte zu den Robotern, die sonst über den Mars rollten und marschierten. Sie rührten sich nicht. Die Feenkinder fingen nicht an zu spielen und zu plaudern. Die Elfen saßen stocksteif auf ihren Pferden, anstatt durch die Regale zu galoppieren. Die Eisenbahn auf dem Fußboden blieb im Bahnhof stehen, und das Blaulicht des Polizeiautos leuchtete nicht auf. Auch die Bücher in der Bibliothek rührten sich nicht. Um Lenni und Merle war alles dunkel und leblos. Die Spielzeuge in den Regalen warfen lange Schatten. Zwischen den Regalen und Tischen bildeten sich düstere Ecken. Alles war wie in einem ganz normalen Spielzeugladen, dachte Lenni traurig.

Nur Helma, die verrückte Uhr, öffnete plötzlich ihre Klappe und rief: »Es ist fünf vor zwölf!«

Mit großen Augen blickten Lenni und Merle sich an.

»Was ist mit den Spielzeugen los?«, wisperte Merle. Sie wandte sich ihrem Elfenkrieger zu. »Mercurius? Hallo? Bist du da?«

Wie gebannt starrte Lenni den kleinen Elfen auf Merles Schlafsack an. Endlich schüttelte das Pferd seine weiße Mähne und ließ ein Wiehern ertönen. Der Elf reckte und streckte sich im Sattel.

»Ah, holde Merle!«, rief er. »Wie schön, dich zu sehen! Auch wenn die Nacht so dunkel ist, dass ich dein liebes Gesicht eigentlich kaum erkennen kann. Ist es Neumond? Verdunkeln Wolken das Sternenlicht?«

»Nein«, meinte Merle nur und seufzte.

»Holde, Merle, was bedrückt dich?« Mercurius zückte seinen Speer und galoppierte mit seinem Pferd einmal um Merle herum. »Welcher Bösewicht wischt das Lächeln von deinem Gesicht?«

Nun musste Merle doch grinsen. »Keiner«, sagte sie. »Es sind die Spielsachen. Du, dein Pferd und Helma seid die Einzigen, die aufgewacht sind. Die anderen schlafen tief und fest!«

»Oh, goldener Herbstmond«, meinte Mercurius erschüttert. Er ritt eine Runde durch den Laden und begutachtete den Elfenwald, den Mars und die anderen Ecken. »Nichts«, sagte er. »Alle sind …« Er schluckte. »Tot!« Dann warf er sich auf den Pferdehals und fing an, elendig zu weinen.

Während Merle ihre Spielfigur tröstete, holte Lenni Sir Richard aus der Bibliothek. Er rührte sich genauso wenig wie die meisten anderen Spielsachen, aber Lenni wollte die Hoffnung noch nicht aufgeben. »He, Sir Richard!«, rief er. »Aufwachen! Bitte, wach auf!«

Mit einem plötzlichen Ruck klappte das Buch seinen Einband auf und raschelte empört mit den Seiten. »Junger Lenni!«, rief es. »Du meine Güte, ist es nötig, mich so anzuschreien? So etwas tut ein junger Herr nicht.«

»Sir Richard, du lebst!«, stieß Lenni erleichtert aus. »Bin ich froh!«

»Papperlapapp, natürlich lebe ich, warum auch nicht? Ich habe einfach nur darauf gewartet, dass der junge Herr sich endlich erbarmt, mit meiner Wenigkeit ein müdes Wörtchen zu wechseln. Wenn seine kostbare Zeit es ausnahmsweise erlaubt …« Beleidigt brach Sir Richard ab.

Lenni trug das Buch zu seiner Matratze, legte es ab und hockte sich daneben. »Jetzt mal ganz langsam«, sagte er. »Bist du schon die ganze Zeit wach? Warum hast du nichts gesagt?«

»So wach wie ein junger Morgen, junger Lenni«, meinte Sir Richard würdevoll. »Ich weiß doch, was sich für ein fantastisches Spielzeug gehört! Ganz im Gegensatz zu dir. Ich wollte dir meine Gegenwart aber nicht aufzwingen, wenn sie dir so wenig behagt …« Das Buch schniefte und drehte sich weg.

Lenni seufzte. »Sir Richard«, begann er. »Bitte! Ich weiß nicht, womit ich dich beleidigt habe. Aber es tut mir leid, okay? Kannst du jetzt wieder normal mit mir reden? Wir brauchen dich! Der Laden ist in Gefahr! Sieh dich doch bloß um, fast alle Spielzeuge sind völlig leblos!«

Sir Richards steifer Rücken wurde etwas weicher. »Na gut, junger Lenni. Ich verzeihe dir.«

»Was eigentlich?«, wisperte Merle dazwischen, die alles neugierig verfolgt hatte.

Wichtig plusterte Sir Richard seine Seiten auf. »Dass er mich, *Alles Wissen der Welt speziell für junge Herren und solche, die es werden wollen*, ignoriert hat! Mich, Sir Richard!«

»Wann?«, fragte Lenni. »Eben gerade?«

»Aber nein!«, krähte das Buch.

»Gestern Nacht. Höchste Gefahr herrschte im Laden! Aber anstatt auf mich zu hören, beachtete der junge Herr nur diese scheußliche Blechfigur.«

»Ja, weil sie das Pulver aus dem Glas an sich gezogen hat«, verteidigte sich Lenni. »Da musste ich schnell etwas tun und konnte mich nicht um dich kümmern.«

»Aber das ist es ja gerade! Genau dazu wollte ich dir etwas sagen! Aber nein, der junge Herr hat es vorgezogen, mich zu missachten.« Das Buch wedelte aufgeregt mit den Seiten. »Ich habe das Blechmännchen beobachtet«, erzählte es schließlich. »Du sagst, es hat das Pluspulver aus dem Glas angezogen, junger Lenni. Aber es ist viel schlimmer. Ich habe es gesehen! Das undankbare Spielzeug hat noch mehr Pulver gestohlen. Direkt von den Spielsachen! Hätte ich mein Pluspulver nicht festgehalten, wäre es auch mir so ergangen.«

»Es ist fünf vor zwölf!«, rief Uhroma Helma schon wieder. Lenni beachtete sie nicht, denn ihm plumpste gerade ein Stein in den Magen, jedenfalls fühlte es sich so an. Deswegen also blieben die meisten Spielzeuge heute Nacht leblos! Blech-Noel hatte nicht nur Pluspulver aus dem Vorratsglas gestohlen, sondern es direkt von den anderen Spielzeugen an sich gezogen. Und ohne ihr Körnchen magisches Pulver waren die Dinge in Waldo Wunders Laden ganz normale Spielsachen.

Lenni sprang auf und öffnete die dritte Schublade am Ladentisch. Blech-Noel hatte in der vorigen Nacht nur wenige goldene Staubkörner übrig gelassen. Die nahm Lenni jetzt und streute sie über Spielt-mit-seinem-Hund und Herrn Bombalo aus. Der Indianer verneigte sich dankend vor Lenni und warf seinem Hund ein Stöckchen hin. Herr Bombalo hüpfte aufgeregt auf der Stelle.

»So«, sagte Lenni. »Immerhin seid ihr jetzt sicher. Aber was machen wir mit den übrigen Spielzeugen?«

Merle griff plötzlich nach Lennis Arm. Sie war blass geworden und starrte Helma an.

»Was ist?«, fragte Lenni.

Merle deutete auf das alte Ziffernblatt, aber Lenni konnte daran nichts Besonderes entdecken. »Fünf vor zwölf, ja, und?«, fragte er. »Das hat sie doch gerade gesagt.«

Wie auf Kommando rief die alte Uhr erneut: »Es ist fünf vor zwölf!«

Dann begriff Lenni. Helma zeigte zwar immer die richtige Uhrzeit an, verkündete aber die falsche. Heute Nacht aber war das anders.

»Ich glaube, Helma will uns warnen«, sagte Merle. »*Fünf vor zwölf* bedeutet:

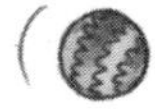

höchste Gefahr. Gefahr für die Spielzeuge. Wenn wir nicht schnell etwas tun, werden sie nie wieder lebendig!«

Wie zur Bestätigung rief Helma noch einmal ihre düstere Botschaft in den Laden.

Lenni wandte sich Sir Richard zu. »Stimmt das?«, fragte er. Das Buch begann sofort, wie wild seine Seiten durchzublättern.

Während das Buch suchte, drückte Merle Mercurius und sein Pferd fest an sich. »Immerhin geht es euch gut«, wisperte sie erleichtert. »Blech-Noel konnte euch das Pulver nicht stehlen, weil ihr bei mir zu Hause wart. Sir Richard und Helma haben Blech-Noel im letzten Moment durchschaut und ihr Pulver festgehalten. Aber die anderen …« Sie schluckte schwer.

Endlich stoppte Sir Richard seine Suche. »Ja, junger Lenni, es stimmt«, sagte er ernst. »Das Pluspulver ist nicht dafür vorgesehen, Spielzeug mehrfach zum Leben zu erwecken. Es kann funktionieren, ja. Aber es muss schnell gehen. Heute Nacht noch. Sonst bleiben die fantastischen Spielzeuge … nun ja, einfach nur Spielzeuge.«

Lenni schluckte. Hätte er doch die dritte Schublade niemals geöffnet, dann wäre jetzt noch mehr Pulver da! Allerdings war der Vorrat an Pluspulver schon vorher fast aufgebraucht gewesen. Für den ganzen Laden hätte es niemals gereicht. Wo blieb nur Herr Wunder? Ohne neues Pluspulver war der Spielzeugladen verloren!

Merle aber stand auf und zog die Jeans über den Schlafanzug.

»Was machst du da?«, fragte Lenni.

Mit ihrem Pullover über einem Arm hielt Merle inne. »Lenni, wir müssen es tun. Wir müssen die Spielsachen mit dem Pluspulver wiedererwecken!«

»Und wie willst du das machen?«, fragte er. »Das Pulver ist weg! Das Blechmännchen ist bei Nick-Noel, wir haben es selbst hingebracht. Wir haben kein Pluspulver mehr.«

»Noch nicht«, sagte Merle. »Und deswegen holen wir es uns jetzt zurück!«

Kapitel 18

Zehn Minuten später schloss Lenni die Tür zu Waldo Wunders fantastischem Spielzeugladen hinter sich ab. Merle und er hatten sich warm angezogen. Merle trug Mercurius und sein Pferd in ihrer Umhängetasche, und Lenni hatte sich Sir Richard unter den Arm geklemmt. Beide fühlten sich deutlich wohler, die Spielzeuge zu ihrer Unterstützung dabeizuhaben. Allerdings hatten sie ihnen eingeschärft, sich ruhig zu verhalten, bis Lenni oder Merle sie um Hilfe riefen.

Neben den magischen Spielzeugen steckte auch Herr Bombalo in Merles Tasche. Sie hatte vorgeschlagen, Nick-Noel im Austausch gegen das Blechmännchen ein anderes Spielzeug zu überlassen. Schließlich durfte man ein Geschenk nicht einfach wieder wegnehmen!

Für Lenni war klar, dass sie dafür den Riesenflummi nehmen mussten. Er war Nick-Noels einzig wahres Spielzeug, da war er sich sicher.

Nach einem kurzen Fußweg näherten sich Lenni und Merle dem Viertel, in dem Nick-Noel lebte. Die Häuser wurden größer und die Gärten weitläufiger und dunkler. Schließlich standen sie vor Nick-Noels Haus. Der Zaun war so hoch wie Lenni, und das Tor fest verschlossen. Auch die Nachbargrundstücke waren von hohen Mauern und Zäunen umgeben. Lenni hatte keine Ahnung, wie sie an Blech-Noel herankommen sollten – aber sie mussten dafür auf jeden Fall ins Haus. Ein mulmiges Gefühl machte sich in seinem Bauch breit. Durften sie das wirklich tun? Aber es blieb ihnen keine andere Wahl. Sie hatten nur die eine Nacht, um den Laden und alle Spielzeuge zu retten. Und sie wollten ja auch nichts stehlen oder kaputt machen, nur etwas austauschen. Lenni hoffte bloß, dass alles gut gehen würde.

»Nick-Noel hat doch auf einen Knopf gedrückt, um das Tor zu öffnen«, erinnerte er sich. »Vielleicht kommen wir da dran!« Er steckte den Arm durch die eisernen Zaunstäbe und tastete an dem gemauerten Torpfosten herum, fühlte jedoch nichts außer Mauerwerk.

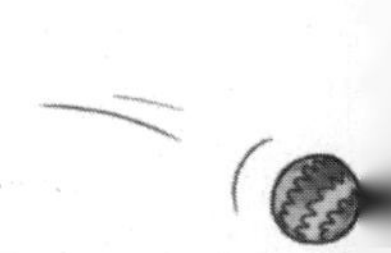

Auch Merle konnte den verborgenen Schalter nicht erreichen.

»Wenn unsere Arme ganz dünn und lang wären, dann würden wir vielleicht dran kommen«, meinte Lenni enttäuscht. »Wir müssten irgendein Werkzeug zu Hilfe nehmen, oder …« Er sah Merle an, und die verstand sofort.

»Mercurius!« Sie öffnete ihre Umhängetasche und griff hinein. »Mercurius, wach auf. Wir brauchen deine Hilfe.«

Der Elfenkrieger war auf einen Schlag hellwach, und sein Pferd scharrte ungeduldig mit den Hufen. Merle erklärte ihm, was sie vorhatten.

»In die Heimat des Feindes eindringen und eine lebensgefährliche Kletterpartie wagen, um dir zu helfen, holde Merle?«, fragte Mercurius. »Großartig. Ich bin dabei. Heya, Mondenpferd!« Er gab seinem Pferd die Sporen, und es galoppierte von Merles Hand direkt auf den Gehweg und zwischen den eisernen Zaunlatten hindurch. Es verschwand hinter dem gemauerten Torpfosten, und Merle und Lenni konnten die beiden nicht mehr sehen.

Dafür hörten sie etwas. Ein fernes Knurren, schnelle Schritte, und dann raste plötzlich ein riesiger Hund durch die Dunkelheit direkt auf sie zu. Mit gebleckten

Zähnen stürzte er sich auf die Stelle, an der Mercurius verschwunden war.

»Achtung, Mercurius!«, schrie Merle. Im nächsten Augenblick hörte man einen Kampfschrei und Hufgeklapper. Mit wehender Mähne und schwer schnaufend kam das Pferd zurück durch den Zaun galoppiert.

Mercurius fuchtelte mit seinem Speer. »Halt an, Mondenpferd! Ich will gegen das Ungeheuer kämpfen und nicht feige fliehen!«

Lenni und Merle knieten sich rasch neben die Spielfiguren, während der Wachhund knurrend am Zaun auf und ab schritt. »Ich glaube, dein Pferd hat dir das Leben gerettet«, stellte Lenni fest. »Aber was machen wir jetzt? Da kommen wir nie hinein!«

Doch Merle grinste. »Ach wo, natürlich bekommen wir das hin.« Und sie ging zu dem Wachhund, streckte ihm ihre Hand zum Schnuppern entgegen und redete mit ihm. Es dauerte nicht lange, und der Hund beruhigte sich.

»Jetzt!«, sagte Merle zu Mercurius, der mit seinem Pferd sofort wieder durch den Zaun galoppierte und hinter dem Torpfosten verschwand. Während Merle den Wachhund ablenkte, lauschte Lenni der Stimme des Elfs.

»Ich beginne nun den Aufstieg!«, verkündete er. Dann ein Ächzen. Offenbar kletterte er nun an der Mauer empor. »Schon drei Steine hoch!«, verkündete er stolz. Und dann: »Fünf Steine … sieben … Ich schaffe das … acht … ich schaffe es nicht … neun … zehn … dem Vollmond sei Dank!« Im nächsten Augenblick summte es am Tor, und die Pforte sprang auf. Lenni und Merle huschten hindurch. Merle nahm mit einer Hand das Pferd hoch, mit der anderen Mercurius, der an seinen dünnen Armen von einem Knopf im Mauerwerk baumelte. Der Elf plumpste auf ihre Handfläche und blieb völlig erschöpft liegen.

Lenni drehte sich um und erstarrte. Der Wachhund sprang jetzt auf sie zu! Doch er schnüffelte nur kurz an Lenni und schmiegte sich dann an Merles Beine. Sie kraulte ihn ausgiebig. »Begleitest du uns jetzt nach drinnen?«, fragte sie. »Wir tun auch nichts Böses, wir wollen Nick-Noel nur ein neues Spielzeug bringen.«

Der Hund lief schwanzwedelnd vor ihnen her bis zur breiten Haustür, die von Säulen umgeben war. Die Tür war zwar nicht offen, wie Lenni halb gehofft hatte, aber sie hatte eine Katzenklappe.

»Mercurius, kannst du uns noch einmal helfen?«, bat Merle.

»Ich will mit dir kämpfen oder sterben!«, verkündete der Elf pompös. Als Merle ihn wieder auf den Boden abgestellt hatte, ritt er durch die Katzenklappe, rumorte eine Weile im Haus herum und kam nach kurzer Zeit mit einem Schlüsselbund zurück. Schon der zweite Schlüssel passte zur Eingangstür.

Lenni und Merle schlichen sich ins Haus. Sie waren in einem Flur, der nach Regenmänteln und Gartenschuhen roch. Hier war mitten in der Nacht bestimmt kein Mensch.

»Wie finden wir Nick-Noels Zimmer? Und wie kommen wir unbemerkt durchs Haus?«, wisperte Merle Lenni zu.

Der hatte sich das auch schon gefragt. Ratlos strich er Sir Richard über den Buchrücken. »Wenn wir jemals *Alles Wissen der Welt* gebraucht haben, dann jetzt«, flüsterte er. »Hilf uns, Sir Richard!«

Das dunkelblaue Buch öffnete sich und sagte: »Aber gewiss! Ich wusste es doch, dass ihr dieses Abenteuer nicht ohne mich schafft.«

Flüsternd berichteten Lenni und Merle, was gerade los war.

»Nun gut«, sagte Sir Richard. »Nick-Noels Zimmer wird im ersten Stockwerk sein. Das ist in fast allen Häusern so. Also müsst ihr die Treppe rauf. Aber Schuhe aus und ganz am Rand gehen, dann sind eure Schritte leiser.«

»Du bist wirklich der geborene Einbrecher, Sir

Richard«, lobte Lenni das Buch. »Weißt du etwa auch, wie wir Nick-Noels Zimmer finden?«

Das Buch blätterte ein wenig in seinen Seiten herum. Merle kniete sich derweil zu dem Hund und kraulte ihn. Er brummte genüsslich.

»Ein Hund?«, fragte Sir Richard. »Warum hast du das nicht gleich gesagt, junger Lenni? Gebt ihm etwas von Nick-Noel zu riechen, und er wird euch in sein Zimmer führen.«

Lenni verstand. Er ging zum Schuhregal und fand drei Paar Gummistiefel: große blaue, kleinere mit Blümchen und mittelgroße mit Tarnmuster. Die letzten hielt er dem Hund vor die Nase. »Tut mir echt leid, die stinken bestimmt furchtbar, aber trotzdem: Such. Such Nick-Noel!«

Hätte Merle nicht das Halsband des Hundes gehalten, wäre der aufgesprungen und weggerast. So konnten sie ihm gerade noch folgen.

Sie befolgten alle von Sir Richards Ratschlägen und standen tatsächlich bald darauf mucksmäuschenstill vor einer Tür im ersten Stock.

Draußen bleiben, hier regiert Nick-Noel stand in Tarnfarben-Buchstaben an der Tür. Lenni grinste. Dieses Zimmer hätten sie auch ohne tierische Hilfe gefunden! Dann hielt er die Luft an und schob die Tür einen Spalt weit auf.

Nick-Noels Zimmer war riesig. Lenni erspähte ein Hochbett und hörte gleichmäßige Atemzüge. Darunter standen eine Spielekonsole und ein Fernseher. Es gab auch eine Sofaecke mit Regalen voller Spiele und Spielsachen, eine riesige Comicsammlung, einen Schreibtisch mit Computer und einen begehbaren Kleiderschrank.

»Das Zimmer ist ja gigantisch«, flüsterte Merle. »Blech-Noel kann überall sein!«

Doch zum Glück war das Zimmer nicht nur ungewöhnlich groß, sondern auch ungewöhnlich ordentlich. Nichts lag herum, alle Regale, Schubfächer und Boxen waren beschriftet. Auf dem Schreibtisch standen neben dem Computer eine Schale mit Obst – und das Blechmännchen.

Merle ging vorsichtig näher, holte Herrn Bombalo aus der Tasche und legte ihn auf den Tisch. Dann streckte sie die Finger nach dem Blechmännchen aus. Ruckartig riss es sein krummes Schwert in die Höhe und ratterte davon. Es stürzte vom Tisch, richtete sich auf und surrte weiter. Im nächsten Augenblick war es unter dem Sofa verschwunden. Eins war klar: Blech-Noel wollte nicht gefunden werden.

Kapitel 19

Lenni ließ sich vorsichtig auf alle viere fallen. Unter dem Sofa war es vollkommen dunkel, also nahm er seinen Mut zusammen und schob den Arm in den dunklen Spalt. Erst fühlte er nichts außer ein paar Staubflusen. Fast hätte er aufgeschrien, als er etwas Warmes ertastete. Es war Merles Hand. Sie war in den engen Raum zwischen Lehne und Heizkörper gekrabbelt und untersuchte das Sofa von der anderen Seite.

»Hier ist er nicht«, wisperte Merle. Beide krabbelten rückwärts und durchkämmten als Nächstes den dunklen Raum unter dem Schreibtisch und die Fächer des Bücherregals.

Nick-Noel grunzte und drehte sich im Bett um.

Merle und Lenni durchsuchten das ganze Kinderzimmer, immer auf der Hut, doch Nick-Noel hatte einen festen Schlaf. Als sie schon fast aufgeben wollten, rief eine Stimme halblaut: »Hab ich dich!«

Lenni fuhr herum. Er war ganz sicher, dass Nick-Noels Eltern in der Tür stehen würden, doch zunächst sah er gar nichts. Dann fiel sein Blick auf den Fußboden, und er musste grinsen.

Blech-Noel war aus seinem Versteck hervorgekrochen und hatte fast die Zimmertür erreicht. Doch Mercurius war schneller gewesen. Mit seinem Speer zielte er auf das Blechmännchen und sein Blick verhieß nichts Gutes. »Lauf nicht weg wie ein Feigling!«, sagte er. »Kämpfe lieber. Kämpfe mit mir, Mercurius vom Silberwald! In einem ehrenvollen Duell, Spielzeug gegen Spielzeug …«

Blech-Noel wartete nicht, bis Mercurius seine Rede beendet hatte. Er senkte das Schwert und raste auf den Elfen zu. Nur weil sein Pferd einen schnellen Sprung zur Seite machte, wurde niemand verletzt.

»Mercurius, du Dummkopf«, sagte Merle. Sie kniete sich hin, um ihr Spielzeug zu schnappen und es in Sicherheit zu bringen, aber es gelang ihr nicht. Viel zu schnell wich er aus, griff das Blechmännchen an und duckte sich unter dessen scharfen Schlägen weg. »Greif nicht ein, holde Merle!«, rief er. »Diesen Kampf muss ich allein bestehen!«

Lenni ließ sich ebenfalls auf die Knie fallen. Ihm und Merle blieb nichts anderes übrig, als dem Duell der beiden Spielzeuge tatenlos zuzusehen.

Es war ein unglaublicher Kampf! Mercurius war furchtlos und sein Pferd blitzschnell und wendig. Immer und immer wieder griffen sie Blech-Noel an. Doch der war stark und viel robuster als der schlanke Elf und sein elegantes Pferd. Als Mercurius und sein Ross schon vor Erschöpfung keuchten, ratterte Blech-Noel immer noch gnadenlos vorwärts. Den Angriffen des Elfenspeers wich er nicht aus, er ließ sie einfach an sich abprallen. Die Kratzer in seinem Lack interessierten

ihn nicht. Hauptsache, er konnte mit dem Schwert auf Mercurius eindringen.

Irgendwann stürzte der Elf vom Pferd und kämpfte zu Fuß weiter.

Da ergriff Blech-Noel seine Chance und ging auf den Schimmel los, doch das ließ Mercurius nicht zu. Mit dem Körper beschützte er sein Mondenpferd, konnte nun aber sich selbst nicht mehr verteidigen. Blech-Noel hob das gebogene Schwert hoch in die Luft, Merle schrie, Lenni angelte nach den Spielfiguren, aber es war zu spät. Schon sauste das Schwert des Blechmännchens nieder …

RUMS! Mit einem ohrenbetäubenden Knall landete Sir Richard auf Blech-Noel. Er hatte die Seiten geöffnet und presste sein ganzes Gewicht auf die Blechfigur. Blitzschnell nahm Merle Mercurius und sein Pferd in ihre Umhängetasche, und Lenni zog Blech-Noel unter dem Buch hervor.

»Bloß weg«, hauchte er. »Bei dem Knall ist sicher jemand wach geworden.«

Und wirklich, aus Nick-Noels Bett war das Rascheln der Decke und das Knarzen der Federn zu hören. Noch schirmte der Couchtisch Lenni und Merle vor seinen Blicken ab. Aber spätestens wenn der Junge von seinem

Hochbett hinunterkletterte, würde er seine nächtlichen Besucher entdecken.

Lenni und Merle sprangen auf und rasten die Treppe nach unten. Auf leise Schritte konnten sie nun nicht mehr achten. Sicher würden nun auch Nick-Noels Eltern langsam merken, dass im Haus etwas los war! Doch das Problem musste warten.

Da Lenni den schweren Sir Richard trug, hatte er für Blech-Noel nur eine Hand frei. Doch der wollte sich nicht so leicht geschlagen geben. Er ratterte und wand sich in Lennis Hand. Die Flügelschraube drehte sich und schnitt Lenni in den Handrücken. Er musste die Zähne zusammenbeißen, um die Blechfigur nicht fallen zu lassen!

Plötzlich ging im ersten Stock das Licht an.

»Mama! Papa!«, rief Nick-Noel. »Ich hab schlecht geträumt!«

Mit großen, angsterfüllten Augen packte Merle Lenni am Ellenbogen und zog ihn zur Tür mit der Katzenklappe. Doch sie konnten nicht hinaus. Vor dem Ausgang lag der riesige Wachhund und blickte Merle schwanzwedelnd entgegen.

»Mach, dass er uns vorbeilässt!«, wisperte Lenni nervös. Die Blechfigur in seinen Fingern ratterte und wackelte immer stärker. Beinahe hätte er bei dem Versuch, sie festzuhalten und sich gleichzeitig die Schuhe wieder anzuziehen, Sir Richard fallengelassen. Der hing nämlich besonders schwer und steif in Lennis Armen.

»Gutes Hundilein … braves Hundilein …« Merles Stimme war weich wie Honig. Sie kniete sich neben den Hund und kraulte ihn hinter den Ohren und unter dem Kinn.

Lenni hörte Nick-Noels Schritte auf der Treppe.

»Schneller!«, stöhnte er.

»Noch schneller geht es nicht«, raunte Merle zurück.

Endlich – es erschien Lenni wie eine halbe Ewigkeit – bequemte sich der große Hund, seinen Platz vor der Tür aufzugeben. Lenni und Merle stürzten genau in dem Moment nach draußen, als das Licht an der Treppe aufflammte. Merle zog Lenni hinter einen Busch. Die beiden blieben schwer atmend stehen und lauschten in die Nacht. In Lennis Händen ratterte die Blechfigur.

»Pssst«, zischte Merle. »Der verrät uns noch!«

»Blech-Noel will abhauen … Halt mal das Buch!«, sagte Lenni.

In dem Moment, als Lenni Merle das Buch übergeben wollte, passierte es. Nur eine Sekunde lockerte er seinen Griff um Blech-Noels schwarz-blauen Bauch, doch der ließ sich sofort zu Boden fallen und ratterte davon. Lenni wollte sich gerade auf das Männchen stür-

zen und es daran hindern, im Schatten zu verschwinden, als plötzlich der Wachhund an ihm vorbeischoss. Mit den Pfoten voran pinnte er das Blechmännchen auf dem Boden fest und leckte mit seiner schlabberigen Zunge darüber. Das Blechmännchen machte ein Geräusch, das an ein Niesen erinnerte. Eine Wolke glitzernden Pulvers löste sich aus den Nähten seiner Blechuniform. Blech-Noel nieste noch einmal und noch einmal. Bevor Lenni oder Merle irgendetwas unternehmen konnten, war das ganze magische Pulver vom Nachtwind davongetragen worden. Es wehte durch die Büsche, durch den Gartenzaun, über die Straße und verschwand zwischen den nächtlich stillen Häusern.

Sie hatten das Pluspulver verloren.

Kapitel 20

Lenni und Merle legten den Heimweg schweigend zurück. Merle hatte die ganze Zeit eine Hand in ihrer Umhängetasche. Lenni war sicher, dass sie Mercurius festhielt. Vielleicht prüfte sie auch, ob er noch lebendig war. Lenni warf immer wieder einen sorgenvollen Blick auf Sir Richard. Er hatte sein Pulver nicht verloren, da war Lenni sich ziemlich sicher. Dennoch war das Buch stumm und regte sich nicht. Natürlich war das auch am sichersten, solange sie durch die Stadt liefen. Aber Lenni wurde das ungute Gefühl nicht los, dass mit Sir Richard irgendetwas nicht stimmte. Und was die anderen Spielzeuge im Laden anging, hatte er noch weniger Hoffnung. Der gesamte Vorrat an Pluspulver war vor Nick-Noels Haus in der Dunkelheit verloren gegangen. Natürlich würde Herr Wunder irgendwann neues Pulver bringen. Aber wann? Uhroma Helma und Sir Richard hatten ganz klargemacht, dass die Zeit drängte. Nach dem Ende dieser Nacht würden die Spielzeuge nicht mehr aufzuwecken sein.

Im Laden ließ sich Lenni auf den Elefantenhocker fallen. Das vertraute Tröten blieb aus. Er legte Sir Richard auf den Ladentisch und den zerkratzten und zerbeulten Blech-Noel daneben.

Merle plumpste erschöpft auf ihre Matratze. Sie nahm Mercurius und sein Pferd aus der Tasche, und die beiden galoppierten zum Elfenwald. Mercurius sprach mit seinen Freunden, streichelte Pferde und stupste Feenkinder an, aber es nützte alles nichts: Die Spielzeuge regten sich nicht. Merles Augen glitzerten verdächtig, als sie zu ihrem einzig wahren Spielzeug hinüberging und es auf ihre Hände nahm. Sie brachte ihn zum Ladentisch und setzte ihn neben Sir Richard ab.

»Du hast sehr tapfer gekämpft, Mercurius«, sagte Lenni. »Danke.«

»Ja, du warst großartig. Ohne dich hätten wir es nie geschafft!«, fügte Merle hinzu.

Der Elf ließ seine spitzen Ohren hängen. Er fing plötzlich an zu singen. Seine Stimme klang wie der

Wind über dem Elfenwald, wie der Mondschein auf den dunklen Blättern, gleichzeitig wunderschön und traurig.

»Was ist das?«, flüsterte Lenni.

»Er trauert«, meldete sich da eine vertraute Stimme zu Wort. »Er trauert um seine Freunde.«

»Sir Richard!« Lenni wandte sich dem dicken Buch zu. »Geht es dir gut? Du hast seit dem Kampf mit Blech-Noel nichts mehr gesagt. Ich dachte schon, du wärst auch …«

»Nein, nein, junger Lenni«, erwiderte das Buch. »Ich freue mich, die Sorge in deiner Stimme zu hören. Ich habe mich allerdings ein wenig komisch gefühlt. Der Sturz auf Blech-Noel hat mich ordentlich erschüttert. Ich habe einen Knick auf Seite 312, mehrere Risse auf Seite 313 und eine ziemlich große Delle im Einband. Ich fühle mich gar nicht gut.«

»Ich kümmere mich um dich«, sagte Lenni sofort. »Ich nehme dich mit in die Werkstatt. Risse und Knicke kann ich sicher ausbessern.« Besorgt schlug er das Buch auf der angegebenen Seite auf. Und dann japste er nach Luft. Die Seiten waren, wie Sir Richard gesagt hatte, zerknickt und eingerissen. Doch da war noch etwas: Mitten auf der Seite glitzerte und funkelte es von unzähligen winzigen Staubkörnern.

»Pluspulver! Merle, Sir Richard hat ganz viel Pulver! Es muss aus Blech-Noel herausgeflogen sein, als er ihn überwältigt hat. Sir Richard, du bist einfach der Größte!«

Lenni und Merle mussten gar nicht viel tun. Sir Richard blieb einfach nur offen liegen. Schon nach kurzer Zeit schwebten die ersten Körner Pluspulver von seinen Seiten auf.

Vorsichtshalber beförderte Lenni Blech-Noel in eine leere Schublade und machte sie fest zu. Der Blechmann sollte den Spielzeugladen nicht noch einmal in Gefahr bringen!

Die goldenen Staubkörner ließen sich daher auf Mercurius' Verwandten im Elfenwald nieder. Die Elfen und Feen erhoben ihre Köpfe, richteten sich auf und stürzten aus dem Regal und zu Mercurius, der vor Freude ganz rote Ohren bekam. Dann schwebten einige magische Staubkörner zu den Bewohnern der Puppenstube und des Kaiserpalastes, die sofort anfingen, aufgeregt zu plaudern.

Häuptling Spielt-mit-seinem-Hund reichte im Tipi eine Friedenspfeife herum. Puppe Bella griff nach ihrem Handy, um ihrer Freundin Amy haarklein alle Neuigkeiten zu erzählen. Die Werkzeuge begannen zu sägen, zu bohren, zu hämmern und zu schnitzen. Die Bücher aus der Bibliothek öffneten ihre Seiten und lasen sich gegenseitig vor. Hubschrauber und Raumschiffe surrten um Lennis und Merles Köpfe, Flummis sprangen herum. Die Eisenbahn fuhr ihre Bahnen, während sich einige Puzzles erst zusammensetzten und dann wieder in ihren Schachteln verschwanden. Das Skateboard wollte Lenni zu einer Spritztour abholen, ein Set Spielkarten mischte sich auffordernd vor Merle in der Luft und der Elefantenhocker gab ein ohrenbetäubendes *Törööt* von sich. Uhroma Helma zwinkerte glücklich mit den Ziffernaugen, blieb aber stumm. Ihre Zeiger wiesen auf fünf nach zwölf und tickten beharrlich vorwärts. Die Gefahr war vorüber!

Lenni und Merle standen mittendrin und wussten kaum, wo sie zuerst hingucken sollten. Waldo Wunders fantastischer Spielzeugladen war wieder genau das, was er immer gewesen war: ganz fantastisch.

Bis in die frühen Morgenstunden feierten Lenni und Merle mit den fantastischen Spielzeugen eine wilde Party. Die Bigband spielte, in der Puppenküche wurden Cracker und Käsespieße gereicht, Merle tanzte mit Mercurius und Lenni mit Zara, dem verschmusten Plüschzebra. Doch als die Dämmerung graute, verabschiedete sich ein Spielzeug nach dem anderen, krabbelte in seine Ladenecke zurück und wurde so still, wie es der Tag und die normalen Kunden verlangten. Als Lenni und Merle endlich hundemüde, aber sehr glücklich in ihre Schlafsäcke schlüpften, war es schon fast wieder Zeit aufzustehen.

Sie hatten noch nicht lange geschlummert, da bimmelte die Glocke über der Ladentür.

»Du heiliger Bimbam!«, rief eine Stimme. »Lennart Lindenbaum, was ist im meinem Laden los?«

Lenni fühlte sich, als müsste er seinen Kopf aus Kaugummi herausziehen, so verschlafen fühlte er sich. Doch als er einmal begriffen hatte, wer da vor ihm stand, war er

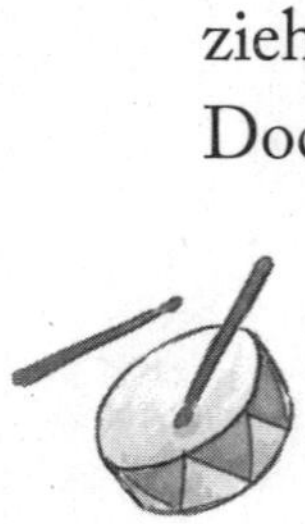

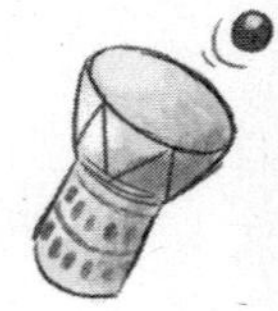

schlagartig hellwach. »Herr Wunder! Sie sind zurück! Merle, wach auf! Wir haben Ihnen so viel zu erzählen!«

Waldo Wunder ließ seinen Blick über die beiden Matratzen mit den Schlafsäcken, die verschlafenen Kinder und die Spielzeuge in seinem Laden schweifen. Die Augen hinter seinen dicken Brillengläsern funkelten amüsiert. »Nun, da bin ich aber gespannt, Lennart. Zuerst solltest du mir wohl die junge Dame vorstellen. Und dann mache ich uns Kakao. Wie gut, dass ich beim Bäcker am Bahnhof bereits frische Brötchen und Croissants besorgt habe. Nach dem Frühstück muss ich etwas Wichtiges erledigen.« Er stellte seinen Koffer auf den Ladentisch, öffnete ihn und holte ein Glas hervor. Es war bis obenhin voll mit einem golden glitzernden Pulver.

»Fragt mich nicht, was das ist. Nur so viel: Es hat etwas mit der dritten Schublade von rechts zu tun. Du hast sie doch nicht geöffnet, Lennart?«

Lenni sprang von seiner Matratze auf. »Am besten kochen Sie erst mal den Kakao«, sagte er. »Dann erzählen wir Ihnen alles.«

Im Nu zauberte Waldo Wunder für Lenni, Merle und sich selbst ein leckeres Frühstück auf den Ladentisch. Sie nahmen rundherum Platz, und Herr Wunder hörte sich Lennis und Merles Geschichte so aufmerksam an, als hätte er seit Wochen nichts Spannenderes gehört.

»Du hast also die dritte Schublade von rechts geöffnet, Lennart«, sagte er, als sie endlich alles erzählt hatten.

Lenni hielt die Luft an. Kam jetzt etwa ein Donnerwetter?

Aber Herr Wunder sprach ganz ruhig weiter: »Und das war die Rettung des Spielzeugladens. Nur so konntet ihr herausfinden, welches böse Spiel das Blechmännchen spielte. Wunderbar gemacht, Lennart, wunderbar gemacht, Merle. Ich gratuliere!« Er schüttelte beiden die Hand. »Ich danke euch von Herzen.«

»Eine Frage habe ich aber noch«, sagte Merle. »Warum hat Blech-Noel das alles gemacht? War er kaputt? Oder hat er das Pluspulver absichtlich gestohlen?«

Waldo Wunder nahm seine Brille ab und putzte lange die Brillengläser, bevor er antwortete. »Ich bin mir sicher, dass es Absicht war, liebe Merle. Irgendjemand hat … Wie habt ihr die Figur genannt? Blech-Noel? … Nun, irgendjemand hat Blech-Noel so verzaubert, dass er das Pluspulver stehlen kann, und ihn dann zu mir geschickt. Ich kenne nur einen, der das tun würde.«

»Wen denn?«, fragte Lenni.

Herr Wunder seufzte. »Vielleicht erzähle ich dir eines Tages von ihm, Lennart. Aber für so einen freudigen Anlass wie heute ist das ein viel zu ernstes Thema. Jetzt möchte ich viel lieber den Laden öffnen und einem Kind sein einzig wahres Spielzeug verkaufen!« Er lächelte, stand auf und begann, alle Spielsachen persönlich zu begrüßen.

Nach dem Frühstück holte Lenni den goldenen Ladenschlüssel aus seiner Hosentasche. »Hier ist Ihr Schlüssel, Herr Wunder. Danke, dass ich mich um den Laden kümmern durfte. Es war wirklich … cool.« Lenni kam sich ein bisschen blöd vor. Die Tage und Nächte mit dem lebendigen Spielzeug waren so viel mehr als cool gewesen! Er fand einfach keine Worte, sie richtig zu beschreiben! Und er konnte nicht fassen, dass all das nun vorbei sein sollte.

Waldo Wunder war gerade damit beschäftigt, Blech-Noel in eine Schachtel zu verpacken, diese mit mehreren Lagen Packpapier und Klebeband zu umwickeln und sie in einen Tresor in der Werkstatt zu sperren.

Als Lenni ihn ansprach, richtete er sich auf und blinzelte verwirrt. »Oh, Lennart, ja, natürlich … Es war äußerst freundlich von dir, all die Arbeit mit dem Laden auf dich zu nehmen. Mehr kann ich nicht von dir verlangen.«

Lenni scharrte mit dem Fuß auf dem Boden. »Okay … kein Thema … Ich geh dann mal …«, murmelte er.

»Natürlich«, meinte Herr Wunder und wurde ähnlich rot wie Lenni. »Sicher willst du endlich wieder Zeit im Skatepark verbringen. Sehr verständlich. Nun denn …«

Merle sah von einem zum anderen. Plötzlich grinste sie. »Kann es sein, dass ihr komplett aneinander vorbeiredet?«, fragte sie. »Herr Wunder, ich glaube, Lenni möchte nichts lieber, als Ihnen weiter im Laden zu helfen! Ich wäre übrigens auch dabei. Und Lenni, Herr Wunder wäre über deine Hilfe sehr glücklich, das sieht doch ein Blinder.«

»Echt?«, fragte Lenni.

»Ist das wahr?«, fragte Herr Wunder.

Dann nickten beide. Im nächsten Augenblick schüttelte Waldo Wunder Lenni die Hand, dass ihm fast der Arm abfiel. »Wunderbar, Lennart! Fantastisch! Ich bin ja so froh!« Er trat zu Merle und reichte ihr ebenfalls die Hand. »Ich heiße euch hiermit ganz offiziell willkommen«, sagte er. »Willkommen in eurem ersten Lehrjahr als Waldo Wunders fantastische Spielzeugmacher-Lehrlinge. Ich habe auch schon eine Aufgabe für euch.« Er übergab Lenni das neue Glas Pluspulver. »Stellt es in die dritte Schublade von rechts, Deckel ab und dann nichts wie zu mit der Schublade! Geöffnet wird sie nur, wenn … Na, aber das wisst ihr ja schon. Und danach könnt ihr euch um die Lieferung kümmern.«

Lenni grinste Merle an, und die grinste zurück. Sie würden das Pluspulver sicher verstauen, die neuen Spielzeuge auspacken und in den Laden räumen. Und sie würden die dritte Schublade von rechts noch einmal öffnen. Heute Nacht in der Pulvergasse 9 in Waldo Wunders fantastischem Spielzeugladen.

Später schleppten Lenni und Merle ihre Schlafsachen in den zweiten Stock. Dabei fiel Lenni ein, wie sein Spielzeugladenabenteuer angefangen hatte: mit einem Paket, das er ebenso umständlich wie heute die Matratzen die Treppen hinaufgeschoben hatte.

»Das habe ich ja ganz vergessen!«, sagte er und deutete auf den Riesenkarton, der immer noch in der Zimmerecke Staub fing. Merle warf ihm einen verwunderten Blick zu und holte das Paket hervor. Gemeinsam öffneten sie es.

Zuerst sahen sie nur einen Haufen Holzwolle. Merle wühlte darin und zog eine Holzkiste hervor. Sie sah mitgenommen und wurmzerfressen aus und war viel kleiner als der große Pappkarton, aber dafür sehr schwer.

Lenni kniete sich neben Merle auf den Fußboden. Gemeinsam hoben die beiden den Deckel der Kiste an.

Das Innere war randvoll mit einer bunten Mischung an Gegenständen: Werkzeuge, Puppenaugen, Plüschtierfellstücke, Stifte und altmodische Schreibfedern, Gebrauchsanleitungen und alte Bücher, ein Arbeitskittel, eine Lupe und ein kleines Beutelchen mit einem goldenen, leicht glitzernden Pulver.

»Wow, was ist das alles?«, fragte Lenni überwältigt.

Merle deutete stumm auf einen Zettel, der innen im Deckel klebte, und Lenni sah auf. In schnörkeliger Schrift waren wenige Worte darauf geschrieben:

Für den Spielzeugmacher-Lehrling

ÜBER DIE AUTORIN

Anne Scheller, geboren 1980 in Bremervörde, studierte Anglistik, Musikwissenschaft und Mittelalterliche Geschichte in Erlangen. Seit 10 Jahren arbeitet sie als Kinderbuchautorin für verschiedene Verlage und Redaktionsbüros. Sie lebt mit ihrer Familie in der Lüneburger Heide.

ÜBER DIE ILLUSTRATORIN

Larisa Lauber ist Illustratorin und lebt in Berlin. Nach ihrem Diplom im Jahr 2000 arbeitete sie viele Jahre als Animatorin für Trickfilme. 2014 war es an der Zeit, etwas Neues auszuprobieren, und so hat sie begonnen, Kinderbücher zu illustrieren.

Fantastischer Rätselspaß

Ihr könnt gar nicht genug von Waldo Wunders fantastischem Spielzeugladen bekommen und wollt jetzt selbst spielen und Spaß haben? Dann findet ihr auf diesen Seiten einige knifflige Rätsel und spannende Spiele!

1. Die Suche nach Mercurius

Mercurius und sein treues Mondenpferd haben sich im Spielzeugladen versteckt. Nun begeben sich Sir Richard, der Elefantenhocker und Roboman auf die Suche nach ihm. Wer findet den Elf?

2. Dein einzig wahres Reisespiel

Damit ihr auch unterwegs immer gut ausgestattet seid und euch nicht langweilig wird, könnt ihr euch jetzt ein eigenes Spiel basteln: *»Drei gewinnt«* zum Mitnehmen in einer kleinen Metalldose.

Ihr braucht:
Eine kleine Metalldose, Papier, Stift, 8 Knöpfe in zwei Farben (z. B. 4 rote und 4 blaue Knöpfe)

So geht's:
Schneidet ein Blatt Papier so zurecht, dass es genau auf den Boden der kleinen Dose passt. Unterteilt es in neun Felder. Mit den Knöpfen könnt ihr nun *»Drei gewinnt«* spielen. Lasst die Knöpfe in der Dose, klappt sie zu, und ab in die Tasche damit – dann seid ihr auch unterwegs immer bereit, um zu spielen!

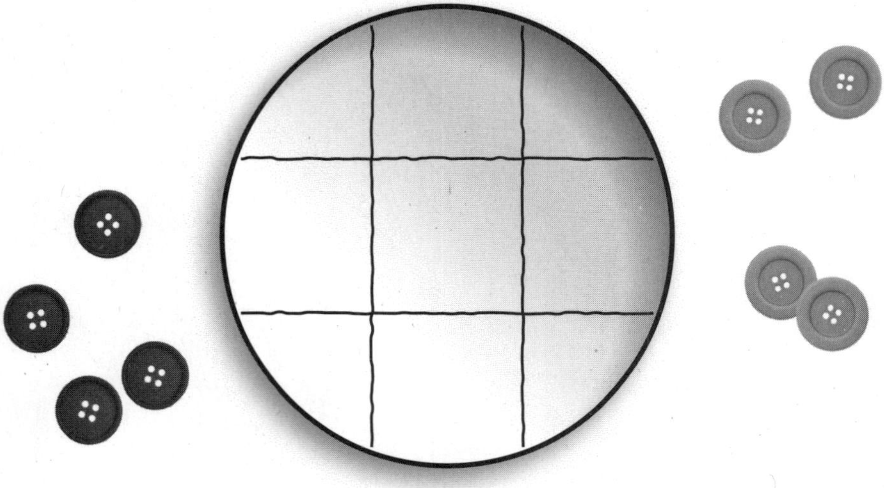

3. So spielt ihr »Drei gewinnt«:

Bei diesem Spiel braucht ihr einen Mitspieler. Einer von euch malt ein Kreuz, der andere einen Kreis. Es geht darum, dreimal das gleiche Symbol entweder senkrecht, waagerecht oder diagonal in einer Reihe zu zeichnen. Ihr spielt abwechselnd und müsst verhindern, dass der andere Spieler drei in einer Reihe hat. Wenn ihr mit der Dose spielt, müsst ihr nichts aufzeichnen, sondern wählt einfach eine Knopffarbe, die ihr legt, und könnt immer wieder spielen. Los geht's!

Tipp:
Die Dosen könnt ihr ganz vielfältig nutzen: Ihr könnt kleine Legosteine, Stifte und Blätter für weitere Mini-Spiele damit transportieren. Werdet einfach selbst kreativ!

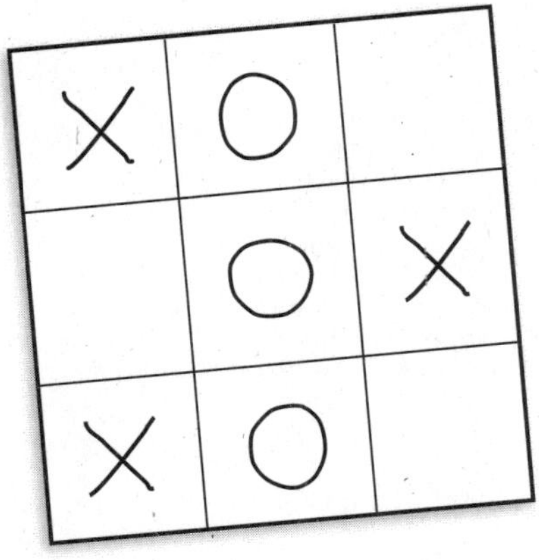

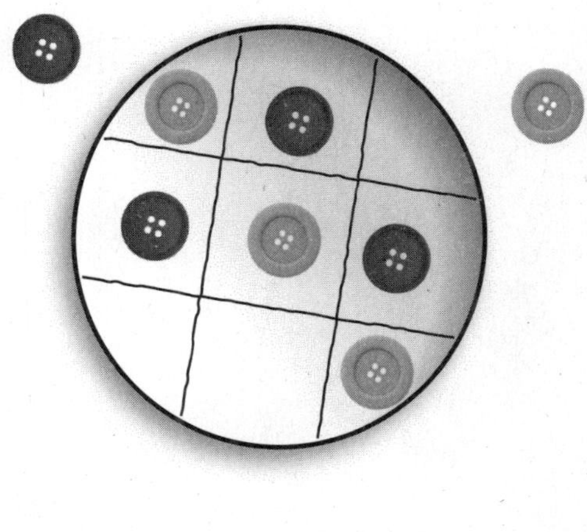

4. Welches Spielzeug passt zu wem?

Jetzt hast du schon allerhand gelernt, um wie Lenni ein richtiger Spielzeugmacher zu werden. Aber schaffst du es auch, das einzig wahre Spielzeug eines Kindes herauszufinden? Schau dir dafür den Einband des Buchs ganz genau an!

1. Marie kommt zu Herrn Wunder und Lenni in den Laden. Sie ist ganz schön sportlich und macht gerne etwas mit ihren Freunden. Ihr Herzensspielzeug liegt nicht im Regal. Es hat keine Räder, kann aber rollen. Es ist rund und voller Luft. Was ist es?

_ _ _ _ _ _ _ _ _ _ _ _ _

2. Leon möchte einmal Entdecker werden. Er will hoch hinaus und neue Orte erkunden. Da muss Lenni nicht lange nachdenken. Leons Herzensspielzeug ist kein Astronaut und auch keine Rakete. Es kann nicht nur fahren, sondern auch abheben. Was ist es?

_ _ _ _ _ _ _ _ _ _

3. Josephine macht sich immer ganz viele Gedanken, dass sich jemand über sie lustig machen könnte, dabei ist das völlig unbegründet. Auch hier weiß Lenni ganz schnell Rat. Josephines Herzensspielzeug ist kuschelig weich und quietschgrün. Es steht nicht auf einem Tisch, aber im Regal. Es sieht lustig aus und lässt ihre Sorgen im Nu verschwinden. Was ist es?

_ _ _ _ _ _ _ _ _ _ _ _ _ _ _ _ _

Lösungen:

1. Die Suche nach Mercurius

4. Welches Spielzeug passt zu wem?

1. Basketball
2. Flugzeug
3. Sorgenfresser